え、この声
え？この声
え、この声

渡辺剛太

筑摩書房

え、この声　え？この声　え、この声　目次

え、この声　え?この声　え、この声

装画　田澤ウー
ブックデザイン　鈴木成一デザイン室

明転

　ゴールデンタイムのテレビ番組に出るのは初めてだった。しかも生放送だ。若手芸人「バスター根尾」の両膝は震えていた。ひとつのミスも許されない。ピン芸人ナンバーワンを決める大会「キング・オブ・ピン」の決勝だ。二一四八人の芸人から勝ち抜いた八人の精鋭が生放送でネタを披露し、ピン芸人の頂点を決する年に一度の大会だった。

　根尾の出番は二番手だった。トップバッターの芸人がオチでかっさらった爆笑と拍手が舞台袖まで届き、自分の出番が迫っていた。「落ち着け、落ち着け」と呟き、緑のスーツとネクタイを正した。

　観客の高揚感を煽る出囃子が鳴り「バスター根尾！」と呼び込まれると、覚悟を決めてステージ中央へ駆け出した。赤を基調とした派手な舞台は、照明に照らされテレビカメラに囲まれている。二〇〇人の観客の拍手が鳴り止んだタイミングでサングラスを外し、決め台詞を吐いた。

「過去は変えられる」

やや緊張した空気は一気にほぐれ、笑いが起こった。「ツカミ」は成功だった。根尾の心拍数が一気に下がって全身の力がスーッと抜け、アドレナリンがあふれ出した。

なぜその一言でウケるのかというと、物真似が完璧だからだ。二八年間放送されている国民的アニメ「タイムトラベラー遼」の主人公・遼の声、口調、髪型、服装、体形、キザなオーバーアクション全てが似ている。声は低音ながら籠るような重低音ではなく、金属音のような鋭さもあり、よく通る。スリムで長身、少し伸びた丸刈り頭、トレードマークである緑で揃えたスーツとネクタイ、真っ黒のサングラスといったルックスに加え、その声も特徴的な人気キャラクターだった。

原作の漫画は三二巻までで、原作者は十年以上前に死去しているが、日曜夕方三〇分一話完結のアニメとして、現在も視聴率二〇%台を維持している。主人公の遼は時間を過去に遡ることができる特殊能力を持っている。ただし、過去の世界に行けるのは一日一回、滞在時間は一時間までと決まっており、過去から現在に戻ることはできるが、現在より未来へ行くことはできない。その能力を使って様々なことを解決する。

年齢不詳、本名不明のタイムトラベラーの噂を聞きつけた人間が、携帯電話を通じて仕事を依頼。遼の顔を知る依頼者はほとんどいない。「万馬券を買え」といったギャンブルや、血を見るようなシャレにならない犯罪には、手を染めないのがポリシーだった。

例えば、女性問題のスキャンダルで地位を失った大物政治家が「週刊誌に浮気現場を撮られた二年前に戻って、なんとかバレないようにしてくれ」と泣きついてきたりする。そんなとき逵は「まあ何とかしますよ」と言って電話を切り、作戦を練って過去へタイムトラベル。週刊誌記者に扮したり、浮気相手の女性を口説いたり、あらゆる手段を使い一時間以内で仕事を片付ける。ミッションに成功すると「過去は変えられる」とニヤリと笑う。

バスター根尾のネタが始まった。

アニメとタイムリーな芸能ニュースを合わせた一人コント。最近のワイドショーの話題を独占しているのは、新婚の元アイドル・谷口真希の不倫スキャンダルだった。夫の俳優・中川省吾の留守中に、谷口が若い男性モデルを自宅に連れ込んで浮気をしていると、旦那が帰宅。地方ロケに行った夫の帰宅が翌日だと思っていた谷口は慌てて浮気相手を全裸のままクローゼットに隠したが、そのモデルと旦那が鉢合わせするという修羅場になった。

さらに火に油を注いだのが、後日発覚した中川の不倫だ。夫は夫で隣のマンションに住む人気モデルと不倫していた。マンションに入る際、バレないよう段ボール箱に入り、宅配業者を装った知人に台車で運ばせたことが同じ週刊誌にスクープされた。二人はスピード離婚。「クローゼット＋段ボール＝ゲス不倫」と誰もが答えを導けるほど、世間の笑い者になった。根尾は全て二人のゲス不倫ネタで一、二回戦、準決勝を突破した。

根尾　過去は変えられる。俺はタイムトラベラー遼だ。一日一時間だけ過去に戻ることができる。（着信音が鳴る）今日もケータイに依頼の電話が来てるぜ。もしもし、え？　谷口真希？　あのゲス不倫の……いや芸能人の？　どうしましたか。え？　あの修羅場の日に行って、旦那が帰ってくるのを止めてほしい？　分かりました。俺も記念にクローゼットに入れてもらいたいんですけど。あーそれはダメですか。まあ何とかしますよ。（電話を切る）どうするかな。中川省吾に「クローゼットは絶対に開けないでください。鶴が機を織っているかもしれません」って言うか。いや、それじゃあ、ただのやべえやつが来たと思われて終わりだな。（再び着信）もしもし。え、中川省吾？　あ、あのゲス不倫の……いや段ボールクズ野郎の……いや俳優の。（電話を耳から離し）夫からも電話とはビックリだぜ。いや何でもないです。それで？　あの修羅場の日に行って、現場を目撃する自分を止めてほしい？　おまえもか！　離婚したくない？　分かりました。まあ何とかしますよ。（電話を切る）これは初めてのケースだぜ。不倫当日に行けば、二件まとめて解決できるぜ。でもどうしたらいいんだ。よし、まずは旦那が帰ってくる三〇分前に宅配業者になりすまし、谷口の家に行って「あ、間違えました。お隣の荷物でした」って言う。そのときに「谷口真希さんですよね？　旦那さん、さっき近所で見かけましたよ」って言えば、焦って不倫相手の全裸クローゼット野郎を帰らせるはずだ。そこに旦那が帰ってくる。一時間で楽勝だぜ。よし、あの日にタイムトラベルだ。（暗転。明転すると上だけ宅配業者のジャンパーを羽織り、箱を持って舞台袖から出てくる）よし、これでバレないな。まずは教えてもらった谷口真希の家に行こう。ピンポーン。（ガチャ）え！　中川省吾？　あ、間違えた！　これ中川が不倫してるモデルのマンションじゃねえか！　隣のマンションに来てしまった！　え？　こいつ、あの日も帰宅する前にモデルと不倫してたのかー。（頭を抱える）え？　地方ロケが早く終わったから？　ここに寄ってから帰ろうとしていた？　とんでもないゲス野郎だった！　やばい、時間がない。「すいません。谷口さんの……いや、お隣さんの荷物でした。間違えました」え？　何ですか？「あんたの段ボール箱を見て、いいこと思いついた」って？　これから家に帰るから週刊誌に撮られないように俺を段ボール箱に入れて家に運んでくれ？　あの段ボール作戦は、俺がきっかけで思いついたのかー！　まあ、これ実は空箱だから、中に入ってください。あー重い。とりあえず谷口のマンションの駐車場に置いとこう。谷口の家に行って夫が来ることを早く伝えねえとな。念のため段ボール箱を二つ持ってきて良かったぜ。もう一つの空箱を持っていこう。ピンポーン。「お荷物です。あー、すいません。お隣と間違えました。え？　今日ソファが届く日なんですか？　いや、これは、ソファは入っていないです。間違えました。あ、谷口真希さんですよね？　ゲス不倫の……いや違う！　有名人の。旦那さん、さっき近所で見かけましたよ。それではまた」はー疲れた。あれ、駐車場に中川の箱がなくなってソファが入った段ボール箱が置いてある！　やばい！　本物の業者が、間違えて中川を谷口の家に運んだんだー！　たぶんエレベーターで入れ違いになったあいつだー！　今頃二人にとって物凄いサプライズになってんじゃねえか！　（跪《ひざまず》き地面を叩く）じゃあ俺が時空を超えて、あのスキャンダルを生み出していたのかー！　自分で修羅場つくって、未来で二人から修羅場を回避してくれと依頼を受けていたのか！　あー一時間前に戻りたい！（時計を見る）あ、もう現在に帰らないと。（アニメのエンディングテーマが流れる中ゆっくり立ち上がる）過去は変えられる。あと、箱は変えられる。

ウケは悪くなかった。五人の大物芸人を揃えた審査員の合計点で、バスター根尾は八人中六位だった。優勝賞金五〇〇〇万円を獲得することはできなかったが、知名度がゼロに近い若手芸人としては上々な結果だった。

フリップを使ったネタで王者に輝いた芸人を祝う紙吹雪を浴びながら、根尾は異常な興奮で胸が張り裂けそうだった。

「ゴールデンでネタをやった。売れる。俺は売れる！」

思わず顔がほころんだ。

芸歴五年でテレビに慣れていない根尾は、居心地の悪さを感じながらも番組収録を終え、テレビ局を後にした。胸の鼓動が治まらない。吉田明美《あけみ》マネジャーと帰りのタクシーに乗り込むと、ようやく少し落ち着いてきた。

「今日一日お疲れさま。惜しかったね」吉田が声を掛けた。

「お疲れさまでした」と同世代のマネジャーに軽く頭を下げ、車窓に流れる六本木の街を眺めていた。

「売れたら凄いっすね」

根尾はひとごとのように呟いた。漠然と売れる予感はしていたが、売れた後の世界は想像もできなかった。

ケータイには知人から一〇〇件以上のメッセージが届き、エゴサーチをしてみると、アニメファンを中心にそこそこ反響はあった。誹謗中傷コメントもあるにはあるが、悪口は目に入っても脳に届かないようにスルーする癖がついていた。活字での無表情なダメ出しは鋭利な刃物のように突き刺さる。たった一言で死にたくなるほどの致命傷を負うこともあるため、読まないのが賢明だ。

生放送翌日には、カラオケボックスのアルバイトを辞めた。

ところが、現実は甘くなかった。年一度の「キング・オブ・ピン」も八度目。無名芸人が一気にスターダムにのし上がるような夢の大会ではなくなった。今回優勝した芸人でさえ、約二週間人気番組に呼ばれただけで、売れたとは言えない状況。日本列島上陸寸前で太平洋側に逸れた台風のように、旋風を巻き起こすことなく人々の記憶から消えていった。

この大会を機にブレイクした芸人といえば、目新しさのあった第一回大会の優勝者と、海水パンツ一丁でステージを走り回りナンセンスなギャグを連発した五代目王者くらいだ。

根尾は以前コンビを組んでいたときに、古くからある演芸場の支配人に漫才を褒められたことがある。

「君たちの漫才は面白い。本物の芸をする芸人になってほしいね。裸になって騒ぐようなのは芸じゃない。あんなのは羞恥心を捨てれば誰でもできる。私は芸とは認めていない」と言われた。根尾は「誰でもできる」というワードが引っかかり、イラッとした。

海パン一丁で笑いを取るのがどれだけ大変か分かっている。羞恥心を捨てて裸になれば誰でも笑いが取れるなら、変質者が舞台で爆笑を取れるのか。芸だとか芸じゃないだとか、そんなことはどうでも良かった。面白いか面白くないか、それが全てだと考えていた。

「キング・オブ・ピン」放送後、バスター根尾に入った仕事は営業二本のみ。地方のショッピングモールでのライブと、アニメ好きが集うコスプレイベントのステージだった。

「アニメファンをターゲットにすれば絶対いけると思うけどな。それこそ世界中に日本のアニメファンはいるからね。英語でセリフを覚えて海外でやればウケると思うよ。例えば、アメリカ進出すればさ、テレビも食いつくと思うしね」

事務所での打ち合わせで吉田マネジャーが言った。根尾は今大会の決勝進出が決まってから初めて吉田と話したので付き合いは浅いが、長い黒髪、色白の肌、常に黒のスーツを着た地味な女性というのは分かった。

根尾は昔から「タイムトラベラー遼」は好きで物真似してきたが、元々アニメにほとんど興味がない。むしろ、いい歳して緑やピンクのカツラをかぶって二次元のキャラクターになりきるコスプレイヤーの気持ちが理解できなかった。アニメ界をマーケットに活動をすることには抵抗があった。

「僕は普通にネタ番組に出て売れたいという気持ちがあります」

「もちろんピン芸人の決勝八人に残ったんだから、自信持っていいと思うけど、まず世に出るためにアニメファンにアピールした方がいいと思うけどな」

吉田の言い分も分かる。売れるために必要なこともある。だが、割り切って好きでもないアニメの仕事で食えるようになっても本末転倒だ。お笑いが好きで芸人になった意味がない。やりたいことができなければ、食っていけたとしても、サラリーマンと変わらない。

どうすれば売れるのか。大学卒業後に高校時代の友人とコンビを組んで芸人になり、三年でコンビを解散し、ピンになって二年。お笑いの収入だけでは生活できずバイトで食いつないできた。バスター根尾という二七歳の芸人に何ができるのか。自問自答を繰り返していた。

そんな中、生放送から一ヵ月が過ぎた日、まさに青天の霹靂《へきれき》とも言うべきオファーが舞い込んだ。根尾が近所を散歩していると、吉田からケータイに電話が入った。冷静沈着なマネジャーが珍しくあたふたしているのが伝わった。用件を伝えた吉田は「とにかく来週にも田代栄治さんと会うことになったから、よろしくね」と慌ただしく電話を切った。

田代栄治とは二八年間「タイムトラベラー遼」の声を担当している大御所中の大御所声優。どうやら本人から事務所に電話が入ったようだ。根尾自身まったく想像していなかったことだが、考えてみれば番組を田代が見ていても不思議ではないのだ。

田代は電話で「遼の物真似を見てびっくりしました」と笑い、衝撃の提案をしたらしい。「実は私も六〇歳になりました。これは内緒にしてほしいんですが、そろそろ遼の声を引退しようかなと考えてるんです。そのときに見たのが、バスター根尾さんのコントだったというわけです。あれは物真似というより、ほとんど僕と同じ声だった。彼に遼の声を引き継いでもらえないかと思って連絡した次第です。二代目になっていただきたいな。極秘にプロジェクトを進めて、決定したら大々的に発表するというのはいかがでしょうか?」

番組きっかけで売れる青写真を描いていた根尾も、声優の仕事が入るとは夢想だにしていなかった。

マネジャーからの電話を切り、しばらく炎天下の商店街を歩いた。ドキドキしていた。話が大きすぎて、自分一人のキャパでは受け止められそうもない。

コインランドリーの前を通ると脳内が渦を巻いて洗濯されるようなイメージが湧いてくる。長寿アニメ番組で声優が交代することは珍しくないが、声をそのままにして声優だけ替わるのは異例だ。

うなぎ屋の前を通り過ぎる。声を引き継ぐということは、まるで百年以上注ぎ足しながら秘伝のタレを守る老舗うなぎ屋のようだと思った。田代栄治が二八年間でつくりあげた声を、味を注ぎ足しながら受け継いでもいいのだろうか。芸人として名前を売っていかなきゃいけない時期に、お笑いと声優の両立ができるのだろうか。

銀行のATMの前を通っても、金のことは頭に浮かばなかった。


根尾と田代が初めて会う日。残暑の厳しい九月初旬。約束の時間は午後五時だったが、根尾と吉田は一五分前に到着した。企業の会議室としても使われる有名喫茶店の個室に入る。本来は田代の事務所を訪問するべきだが、自宅を個人事務所として使用しているため、初対面で自宅に上がるのも失礼だろうと吉田が判断し、田代の事務所兼自宅の最寄り駅前にある喫茶店で会うことになった。

「緊張しますね」根尾が発した声はかれていて、まったく遼に似ていなかった。

吉田は「大丈夫。大丈夫」と自分に言い聞かせるように呟いた。彼女がいつもの黒いスーツを着ているのを見て、ポロシャツにジーンズ姿の根尾は正装で来なかったことを激しく後悔した。一時間前に戻ってスーツを着たい。どうせならタイムトラベラー遼の衣装でビシッと決めて立ち合いから勝負をかければ良かった。「出オチ」で摑めたはずだ。

五時ちょうど。田代はマネジャーを伴わず、一人で会議室に現れた。根尾と吉田は同時に立ち上がり、並んで頭を下げた。

「どうもこんにちは。初めまして田代です。やっぱり緑を着てるね」

田代は根尾の顔を見るなり、満面の笑みで握手を求めてきた。根尾はたまたま遼のイメージカラーの服を着ていたことに気づいた。

写真でしか見たことのない大物が目の前にいる。緩いウエーブのかかった髪が両耳を隠す程度に伸び、彫りの深い顔に年輪のように皺が刻まれている。白の長袖シャツに黒いパンツ姿。一七五センチで細身の体形は根尾と変わらないが、坊主頭で目のクリッとした童顔の根尾とは風格が違う。六〇歳の発するオーラに、売れない若手芸人が圧倒されていた。

「松本芸能のバスター根尾です。遼の物真似をさせていただいています」

「テレビで見たよ」田代はまくし立てた。「優勝はしなかったよね？　でも好きだったな、めちゃくちゃ面白かった。うまいね。さすが芸人さん！」

お笑い界に入って分かったことのひとつは、芸人は意外と人見知りが多いことだ。仕事中はハイテンションでも楽屋では静かな人が多い。根尾もそんな「人見知り芸人」だった。

ところが、田代はレスリングのタックルのように一気に距離を詰めてきた。根尾は少々戸惑いながら、ぎこちない笑顔で返す言葉を探す。何も出て来なかった。

田代が立て続けに話し始めた。

「いきなり変なこと聞くけどさ、やっぱり夢はお笑い芸人として売れることなの？」

根尾は質問をしてくれて助かったと胸を撫で下ろした。質問が飛べば会話が続くからだ。ただ、「お笑い芸人として」と「売れること」のどちらを問う質問なのか判断が難しかった。

「あくまで芸人として売れたくて、声優として売れても意味がないと思う？」

「芸人にこだわらず、とにかく売れたい？」

質問の解釈によって答えは変わってくる。

何か試されているようで狼狽したが、「はい。芸人で売れたいです」と正直に答えた。

「芸人で」を強調したつもりだった。確かに、いきなり変なことを聞くなと思った。

吉田は話が落ち着くタイミングを見計らって名刺を取り出した。田代は名刺交換が終わると「とりあえず座ろうか」と言い、三人同時に席に着いた。

「いつから遼の真似してるの？」

「二年くらい前にピンになったときからです。大学時代に声が似てると言われて、たまに友達の前で披露したりはしていました」

「最初はコンビかなんか組んでたの？」

「そうです。三年くらいはコンビでやっていました。『ベタンセス』っていうコンビ名で……」

「ごめん、知らないわ」

「いや、誰も知らないですから。テレビにも出たことないので」と少し赤面した。


大学卒業後、高校の野球部の同期だった野尻勝也《かつや》を誘ってコンビを組み、現在の事務所の養成所に入った。野球部では根尾が三番、野尻が四番打者だった。

コンビ名は野尻が考えた。ベタンセスはメジャーリーガーの名前らしい。大リーグ通の彼が好きなヤンキースの投手らしいが、そのコンビ名は根尾も気に入っていた。

二人は高校時代から、お笑い談義を交わしてきた。クラスの人気者タイプの野尻は、分かりやすい「ベタ」な漫才が好きだった。

例えば「占い」ネタ。ボケ担当の野尻が考えたのは、占い師が「じゃあ占い師を呼んできます」とボケて、ツッコミの根尾が「おまえ誰だよ」と突っ込むという手垢のついたベタなネタだった。

それに対し、根尾は教室の隅で斜に構えているタイプで「よく考えたな」と思われるネタをつくりたがった。

野尻　占いによると、占いを信じない方がいいですね。

根尾　どうすりゃいいんだよ！　それで占いを信じなかったら、いまの占いを信じたことになるじゃねえか！

根尾が考えたこのボケは、相方に「分かりにくい」と一蹴された。実際に一度ライブでやったことはあるが、まったくウケなかった。

それでも、見る人が見れば面白い、センスがあると思うようなネタをつくりたい。そのセンスこそが「芸人」と「面白い素人」の決定的な違いだと、根尾は考えていた。「芸人」という得体のしれない病をこじらせた面倒くさい若手だった。

笑いを取った芸人が勝ちだというのは根尾も分かっている。その上で、知名度や技術が上がれば、自分の追求するネタでも必ず爆笑が取れると信じていた。

そんな二人のコンビ名「ベタンセス」の中には「ベタ」と「センス」という文字が隠れているではないか。根尾が運命的だと思い込むのに十分な偶然だった。

しかし、無数の若手芸人の中で突き抜けた存在になることはできなかった。二人の方向性の違いに加え、金と女にだらしない野尻の借金が膨らんでいったことも解散の原因となった。毎年何百組のコンビが解散し、芸人を辞めていく。ベタンセスもひっそりと解散した。

田代と根尾と吉田の三人が注文したアイスコーヒーが届き、話は本題に入った。

「お伝えしたように、ぜひ根尾君に遼の声をやってもらえないかなと。決まったら僕の方から番組の関係者に話しておきます」

「ありがとうございます。正直、そのような声優のお話をいただけるとは、いまだに信じられないです」吉田は恐縮して頭を下げた。

「いや、本当にありがたい話というか、なんか僕でいいのかなという感じです」根尾はポロシャツの袖で汗を拭いた。

「いいんだよ。もう俺は年も年だし、遼の声はそろそろ辞めようと思ったんだ。仕事をセーブしようと思ってたんだ。でも遼が今更違う声に変わるのも嫌だからさ。渡りに船ってやつかな」

「僕みたいな素人に声優ができるのかなっていう不安はありますけどね……」

「まあ、役者さんとか芸人さんが声優をする場合もあるからね。映画とかさ。俺も元々は役者志望で、声優の専門的な勉強はしてこなかったんだけど、気がつけばアニメの声優とか洋画の吹き替えとかナレーションとか。声の仕事だけになっちゃったよ。ははは」

そう言うと田代はストローでコーヒーをすすり、再び表情を引き締めた。吉田の方に目を遣りながら、言葉を選んだ。

「ただ、二八年間やってきた声の引き継ぎ作業は必要だと思うんです」

「引き継ぎですか？」吉田が聞き直す。

「そうです。僕と根尾君は地声が似ているんですけど、声優は声優で必要なこともあるのは確かで、できれば根尾君に『タイムトラベラー遼』の声を伝授して完成させてから、身を引きたいなと思いまして」

根尾は「伝授」と聞いて師匠と弟子の関係を思い浮かべた。続いて田代が口にした言葉によって、その関係性はより明確になった。

「できれば来月から一ヵ月間うちに住み込みで来てもらって、いろいろ教えることができればなと思っています」

「住み込みですか？」

根尾と吉田が同時に言葉を発した。

「お笑いの仕事はセーブしてもらうことになっちゃうかもしれないけど」

仕事をセーブすると言っても、今月はギャラ一〇万円程度の営業が二件入っているだけだ。ギャラの取り分は事務所が四割、芸人が六割。ちなみにコンビやトリオだとメンバーで等分することになるので、その点ピンは得だった。

ほかに今月はテレビのオーディション予定もあるが、来月の仕事は現時点でライブのみだ。そのライブの出演はなくなるだろう。小さな劇場でネタを披露する時間があったら、声優の修業をした方がいい。芸人にとって地道にライブに出ることはスポーツにおける走り込みのように基礎体力を養う大事な作業だが、巨大プロジェクトが動き出した今となっては、どちらを優先するかは火を見るより明らかだった。

「住み込みで遼の声を磨いてもらって、一ヵ月経ったらバスター根尾の襲名会見を開きたいんです」田代が言った。

あまりに急な展開に、根尾は実感が湧かなかった。突如目の前に現れた仕事が大きすぎて、正直、自分がどうなっていくか想像もできない。アニメ自体は何十年も続きそうな気がする。

震える手でガムシロップを入れたアイスコーヒーはひどく甘かったが、芸能界はそんなに甘くないというのも分かっていた。

田代の仕切りで話がまとまっていく。発表までに明るみに出ないように、田代の仕事に根尾は同行しないことになった。根尾に仕事が入った場合は、それを優先することも両者で確認された。オーディションに合格した場合は、田代の家から番組収録に向かう。

「もし受かったらですけどね。そういうオーディション受かったことないんですよ」根尾は自虐的に笑った。終始つくり笑いだ。

吉田はマネジャーとして大魚を釣り上げたように興奮していた。国民的アニメの主人公の声優が替わるだけでも大きな話題になる。それが物真似芸人に引き継がれるとなれば、トップニュースになることは間違いない。週に一度放送し、映画版も人気の「タイムトラベラー遼」の声優を任されれば、芸人にも事務所にも長く安定的な収入が入る。

会話の流れから、その日のうちに根尾は田代と二人で飲みに行くことになった。超人的に社交的な田代から「このあと一杯どうですか?」と誘われ、即決するしかなかった。

仕事で参加できない吉田は「こんな機会なかなかないよ。失礼のないようにね」と根尾の肩を叩き、白い歯を見せた。

人見知りの根尾は正直、今日のところは一刻も早く帰りたい気分だった。吉田と離れるのも心細かった。師弟になりつつある不思議な二人の距離が急速に縮まっていく。

田代は高級店を予約するわけでもなく、喫茶店の周辺で飛び込みで入れる店を探した。「個室があるから、ここでいいか」と、根尾の意思を確認するように振り返りつつも、足はエレベーターに向かっている。

大学生には敷居が高く、社会人が接待に使うには軽すぎるような印象の居酒屋だった。気取った店にほとんど行ったことがない根尾は安堵し、両肩にズシリと乗っている「住み込み」という言葉が少し軽くなったように感じた。

「遠慮なく好きなもん頼んで。根尾君は、酒は飲めるの？」

「はい。飲めます」

根尾は飲めるというよりアルコール依存症に近かった。酒に強いわけでもないのに、ライブでウケなくて落ち込んだり、将来に不安を感じると、浴びるように飲んで紛らわせている。

二人とも最初に生ビールを頼み、根尾は田代に苦手な食べ物がないか確認しながら、メニューの中からサラダ、漬物、肉、刺身、揚げ物とバランス良く注文した。モタモタしていると何かと決断が早い田代に嫌われるのではないかと内心ソワソワしていた。

「とりあえず乾杯」田代が片手でビールを掲げた。根尾は両手で低い位置から持ち上げるように慎重にジョッキを合わせた。

「根尾って本名？」

「そうです」

「下の名前は？」

「光です」

「かっこいいね。根尾光か。芸名その方がいいんじゃないの？　片仮名でネオヒカリっていうのはどう？」

「コシヒカリみたいですね。でも僕、米よりパンが好きなんですよね」

「どうでもいいわ」田代が笑顔で突っ込んだ。

今まで何度か「コシヒカリ」いじりを経験していたのでスムーズに返すことができた。

「なんでバスターなの？」当然の流れで、芸名の由来を聞かれる。

「野球のバスターから取ったんですけど、あのバントの構えをしていて……」と身振り手振りを交えて説明しようとしたところで、田代が遮った。

「知ってるよ、俺も野球やってたし、息子も大学まで野球やってたからさ。バントの構えからバットを引いて打つ、あのバスターでしょ？」

「そうです。僕も大学まで野球やってたんですけど、高校時代二ストライクに追い込まれたら全員バスターで打つ決まりだったんです。四番バッターも全員です。バスターの方が振りがコンパクトで三振しにくいじゃないですか」

「たまにそういうチームあるよね。バスターだと飛ばないけど、バットにボールが当たる確率は上がるよね。ノーステップでコツンと当てる感じで」

「そうですよね。コンビを解散してピンになったとき『追い込まれた』と感じたので『バスター』にしました。あと、これは後付けなんですけど、お笑いって相手の予想を裏切るのが大事だと思うので、そこがバントに見せかけて打つバスターと重なると思いまして」

「追い込まれたって言うけどさ、大学卒業して五年くらいでしょ？　二七歳？　まだまだ全然だよ。全然追い込まれてないと思うけどどな」田代の声量が少し上がった。

「そうですかね。自分ではアウトにはなっていないけど勝負はあと一球かなと思っています。かといってホームランを狙っていないわけではないです。なんか矛盾しているようですけど、バスターでもホームランを打ちたい気持ちは持ち続けていきたいです」根尾はバットを振るジェスチャーをした。少し酔いが回っていた。

「まだ一ボール一ストライクくらいだと思うよ。つまり追い込まれてもいないし、それこそバスターをする必要はないと思う。ホームラン狙いでフルスイングできるよ」と笑った田代は前のめりになり「ただし、何でも打てばいいってもんじゃない。狙い球は一つに絞った方がいいと思うけどね」と人差し指を立てた。睨みつけるような鋭い眼差しだった。

「はい、狙い球、そうですね。僕も今のスタイルでやり続けて、何とかテレビに出ることができたので、とりあえず、これに絞って打っていこうと思っています」

田代は何も言わずにテーブルに目を落とし、唐揚げに箸を伸ばした。少し頷いたようにも見えたが、納得いかない表情にも見えた。自分の返答が気に入らなかったのだろうかと、根尾は少し心配になった。

野球に例えてもらうと分かりやすい。根尾は「狙い球」を「芸風」と解釈した。漫才でもコントでも独自の芸風を築いた芸人は強い。ギャグ、キャラクター、ツッコミなど、この芸人と言えばこれという何かを持たないとインパクトがない。飽和状態のお笑い界で淘汰されていくだけだ。

芸人はひとつのネタがウケると、そればかり求められるようになる。「歌ネタ」「ハゲネタ」「〇〇漫才」などパッケージができると、多いときは月に一〇回以上ライブで同じネタをやり、テレビ出演は月に一度あるかないかという時期が一、二年続く。何百回と同じネタをやり続けることになり、自分たちが飽きた頃にジワジワと世間に浸透していくものだ。途中で飽きて違うネタをやりたくなるのが芸人の性だが、期待されているものをやり続けるしかない。売れていくために誰もが味わうジレンマだった。

根尾もピンになった当初、学校の先生や銀行強盗の一人コントをつくっていたが、最近は遼の物真似しかやっていない。それで「キング・オブ・ピン」の決勝まで辿り着いた。いま違うネタに手を出すと、またパッケージづくりから始めなければいけない。遼ネタを続ける覚悟だ。世に出るために狙い球を絞る。田代のアドバイスを反芻した。この解釈で合っているのか？　田代の目が怖くて直視できなかった。

焼酎、ハイボールと酒が進むうちに、二人の空気は和んでいった。根尾は事前に田代に関する基礎知識をネットで調べていたので、元々は俳優を目指しており、たまたま入ったナレーションの仕事がきっかけで声優のオファーが増えていったことは頭に入っていた。

だが、本人との会話の中で意外な事実が発覚した。

「俺も昔、芸人というか物真似やってたんだよ」

「え、俳優になられる前ですか？」

「役者やりながらというかな。ほら、食えないから。ショーパブとかに出てたんだよ。昔は形態模写とか声帯模写って言ってたけどね。四〇年くらい前だな」と懐かしそうに虚空を見つめ、レモンサワーを飲んだ。根尾もタイミングを合わせてハイボールに口をつけた。

「野球選手の形態模写とかやったよ。昔は巨人の『ＯＮ』みたいなスーパースターがいたしね。結構、盛り上がったんだよ。王貞治の一本足打法とか知ってるかな？　長嶋茂雄の天覧試合のサヨナラホームランを真似したりね。打席に入るところから、打って、ベースを一周してホームインするまで真似したりしてたな。走り方も真似してたから。堀内恒夫が投げて帽子がズレるだけで大爆笑だったよ。世代的に分からないと思うけど」

「リアルタイムではないですけど、知ってます。僕も、野球選手の物真似も好きなんです」テンションが上がっていく。地声が似ている上に、野球、物真似と新たな共通点が見つかった。田代となら一カ月間うまくやっていけそうな気がした。そんな夜だった。

二次会でカラオケにでも行くのかと覚悟していたが、居酒屋で二時間ほど話すと、田代はほろ酔いで家路に就いた。自宅までは歩ける距離のようだ。

田代と別れた根尾は家賃五万五〇〇〇円のアパートに帰る。最寄り駅で降りると、コンビニでアルコール度数一五％の「超ストロングチューハイ」五〇〇ミリリットル缶を迷わず二本手に取った。夜に食事を摂らなくても平気だが、酒は我慢できない。飲みながらあれこれ思考を巡らせて帰るのがルーティンになっていた。

一本飲み干した頃に錆びた郵便ポストが立つ角を右の路地へ曲がると、白いアパートが目に入る。二階の部屋に帰ると緊張の糸が切れ、靴のままフローリングに倒れ込んだ。

「ベタンセス懐かしいな」と言いながら目をつぶり、ニヤニヤと横たわっていた。


翌日、起きたのは昼前だった。つけっぱなしのテレビでは売れっ子芸人がワイドショーのコメンテーターとして真面目な話をしていた。二本目の缶チューハイと、焼酎をロックで何杯か飲んだのはかすかに覚えている。二日酔いの頭に鈍痛を感じながら携帯電話をチェックすると、何件かメッセージを受信していた。

送信者の一人の名前を見て驚いた。元相方・野尻だった。一年以上連絡を取っていないが、たまたま昨夜の会食で久々にコンビ時代を懐古し、夢にも出てきたような気がする。このタイミングで連絡が来たことに胸騒ぎがした。

「久しぶり。テレビ見たよ。来月会えないかな？」

短いメッセージだった。来月は住み込みの日々が始まる。

「久しぶり。会うのは無理そうだわ」と返した。ケータイを置きかけたが、少し気になって、もう一件メッセージを送ってみた。

「いま何やってんの？」

野尻は解散後、芸人を辞めて一般企業に勤めたが、すぐに辞めた。その後のことは知らない。メッセージに「既読」マークはついたが、返信はなかった。

テレビがきっかけで入った数少ない仕事のひとつ、アニメファンの集まるイベントでの営業の日を迎えた。遊園地の一部を貸し切り状態にし、コスプレをしたアニメ好きが交流するイベント。同人誌や写真集の販売ブースもあった。

売れない芸人よりはるかに人気のある美人コスプレイヤーの周りには、カメラを持った男が群がっており、サイン入り写真集は飛ぶように売れていた。名前は分からないが、女戦士のようなコスプレをした女の子がメリーゴーラウンドに乗り、男性ファンのリクエストに応じてセクシーポーズをつくっていた。根尾にとっては新鮮な光景だった。

その一角にステージがあり、一〇〇脚ほどイスが並べられていた。一五分のネタと自身のサイン色紙を懸けたジャンケン大会のＭＣが根尾の仕事だった。有名コスプレイヤーのファッションショーをした方がよっぽど盛り上がりそうな現場だ。

メガネを掛けた主催者の男性は、吉田マネジャーと二人で会場入りした根尾を見つけると深々と頭を下げ、楽屋代わりの白いテントへ案内してくれた。簡単なスケジュール説明が終わると「お弁当も用意しています」と話し、テントを出ようとした。

「ネタの場当たりとかはないんですよね？」

「場当たりですか？」

「場当たり……ネタのリハーサル的な」

「何か音楽とか小道具とか必要でしょうか？」

「いや、大丈夫です。あ、マイクは？」

「スタンドマイクがあります。もしあれだったら、マイク持ってもらっても大丈夫です」

「ピンマイクは……ないですよね。分かりました！　よろしくお願いします」

お笑いライブに慣れていない主催者だった。スタンドマイクでは漫談のように話すしかない。ハンドマイクでコントをするのも違和感がある。生の声では不安な屋外スペースだ。トークから入って、最後にマイクの前で物真似コントをして終わろうとイメージした。

主催者がいなくなると、吉田が口を開いた。

「田代さんの件、正式に決まったから。またメールするね」と事務的に言った。これで遼の二代目声優の座をほぼ手中に収めたわけだ。根尾の心の中では「期待」を透明なゼリーのように「不安」が包んでいる。「期待インゼリー」状態だった。

「この間、なんか田代さんおかしくなかった？」

吉田が言った。根尾は彼女の言葉を聞いて我に返った。

「おかしかったって、何がですか？」

「いや、なんかさ、いきなり『芸人として売れたいのか？』って聞いてきて、そのときの目が怖かったんだよね。怒ってるのかなって思ったくらいでさ。もちろん初対面だから、どういう人なのか分からないし、いつもああいう感じなのかもしれないけど」

吉田は途中から独り言のように話し、視線を宙に泳がせた。

根尾もやり取りは覚えていたが、その日は極度の緊張もあって自分のことでいっぱいいっぱいだった。

「そうですかね？」と首をかしげた。

「うん。ごめんね。私、気にしすぎなところあるから」

「大丈夫だと思いますけどね、あのあと居酒屋でも優しかったですよ」

根尾はそう言いつつ、田代からかすかに感じた熱を思い出した。熱源の分からない不気味な熱。吉田も違和感を覚えていたと知り、不安のゼリーが増量されていった。

しばしの沈黙。外が騒がしいことに気付く。

根尾はテントの隙間からイベント会場を覗きながら「吉田さんはアニメのコスプレとかしたいですか？」と聞いてみた。話題を変えたかった。

「いや別に」

答えは予想通りだった。話は終わった。吉田はアクセサリーを身につけることもなく、メイクもほぼスッピン。何か趣味にハマったり、熱くなっている姿を想像できない。

テレビに出るまで、マネジャーと一緒に仕事に行くことはなかった。この一カ月、生真面目に働く吉田の姿を間近で見て、根尾の中に「マネジャーの期待に応えたい」という気持ちが初めて芽生えた。

お笑いライブが始まった。バスター根尾目当てで来場した人間はゼロ。広い舞台は普段ヒーローショーに使われるのだろうか。袖からセンターマイクまで若干距離があった。

マイクの前に駆け出す。客席は七割埋まっている。家族連れや地味な中年男性が、パラパラと傘が要らない程度の小雨のような拍手を鳴らした。

「過去は変えられる」

びっくりするほど反応がない。恥ずかしくてサングラスを外そうとする右手が止まった。

「タイムトラベラー遼だ！　俺のことを知っているというやつは手を挙げてくれ」

ポツポツと客の手が挙がる。

「あ、俺のことって言っても、遼じゃないぞ。俺は遼なんだけど……。タイムトラベラー遼はみんな知っているだろう？　俺の……芸名だ。つまり、芸人・バスター根尾のことを知っているやつはいるか？　だいぶ手が下がったな！　じゃあ『キング・オブ・ピン』で見たというやつはいるか？　何人かいるな。じゃあ、それ以外のゴールデンタイムの番組で俺を見たというやつはいるか？　おー何人かいるな。俺はキング・オブ・ピン以外ゴールデンに出ていない！　今日の客は嘘つきだぜ」

マイクがハウリングしたのは分かったが、笑い声は聞こえない。セリフが飛んだ。グダグダの負け戦の船出だ。

「今日は……二〇年後の未来から来たんだ。だから、このステージにも一時間しかいられない……安心しろ、ネタは一五分で終わる」

アドリブの自虐的な漫談で笑いが起きた。やっとサングラスを外せた。

とっさに切り替え、ひたすら遼のマニアックな名場面を物真似することにした。人気バラエティーの企画「マニアックすぎるモノマネ選手権」のオーディション向けにつくったネタだった。オーディションでは箸にも棒にもかからなかった。アニメ好きが集っているだけあり「珍しくダジャレを言った後、照れ隠しする遼」など物真似のウケは良かった。

残り時間は「客いじり」でしのいだ。

「どうしても過去に戻りたいというやつはいるか？」手を挙げて問いかけると、何人かの観客が周囲を見回して挙手した。

「じゃあ、そこのおまえ。なぜ過去に戻りたいのか言ってみろ」と客を指名。

「一年前に財布を落としたので拾ってほしい」と中年男性が答えた。

「いくら入っていたんだ？」

「三〇〇〇円くらい」

「ショボいな！」

ドッと笑いが起こった。

「よし分かった。この俺が拾ってきてやる。ただし報酬は一〇〇〇万円だ」

これは意外とウケず、吹き抜ける風音と「高っ」という声がかすかに聞こえた。

ジャンケン大会を合わせて三〇分。なんとか乗りきり汗だくでステージを下りた。暑さで出た汗と冷や汗が混じる。営業ネタを考えないと、遼ネタで長尺は持たないと痛感した。それより何より、来月からは声優の道にも足を突っ込まないといけない。

着替えてテントを出た根尾を出待ちするファンなどいるわけがなかった。例の人気コスプレイヤーの人に話を聞いて、フリートークのネタにでもしようかと考えていたところ、思いもよらない人物が〝出待ち〟していた。

「久しぶり」と元相方の野尻がポケットに手を突っ込んだまま「今日出るってネットで見たから、来たんだよ。意外と家から近いし」

野尻が自分に用があることは分かっていたが、わざわざ営業の場所を調べてまで会いに来たことが不気味だった。

「おう。久しぶり。俺スベってただろ?」根尾が引きつった笑顔を浮かべた。

「いや、昔の俺らよりはウケてたよ」

「じゃあ良かったわ」

ポカンとしている吉田マネジャーに、野尻を紹介。入社三年目で「ベタンセス」という漫才コンビを知っているはずがない。

端正な顔立ちで女性ファンも多かった野尻は、コンビ時代からの長い髪を金髪に染めて毛先を遊ばせ、さらに髪の間から覗く耳にはピアスを何個も着けていた。

「すいません、この後は何か仕事あるんですか?」野尻は吉田に聞いた。根尾に特に仕事がないことを確認すると、今度は根尾に向かって「少し時間ないかな? 少しでいいから」


吉田と別れ、野尻と近くのファミレスに入った。

「こういうの懐かしいね」野尻が言った。ドリンクバーのメロンソーダを飲んでいた。根尾はメロンソーダの緑色を見て、遼の衣装を連想していた。

コンビ時代のネタづくりの場所はだいたいファミレスだった。ドリンクバーで何時間も粘った。漫才、ベタなコント、シュールなコントと試行錯誤した。

ある日、いよいよ一行もペンが進まないまま日付が変わった。

「じゃあ、二人で思いついた言葉を同時に言ってみよう。それをテーマにネタ書くから」と根尾が提案した。設定すら浮かばず、半ばやけくそだった。

思いついた小説や映画や漫画のタイトルを「せーの」で言う二人。

根尾は「人間失格」野尻は「銀河鉄道の夜」。なぜか二人で顔を見合わせて爆笑した。

「『銀河鉄道の人間失格』でいいよ」根尾がネタ帳にボールペンを走らせた。

二つの物語を合わせたコント。心中しようと恋人の家へ向かう太宰治が、間違って銀河鉄道に乗り込んでしまう。野尻が児童劇団よろしく大げさに「銀河鉄道の夜」のカムパネルラを演じ、根尾が「人間失格」の太宰治だった。川に落ちた太宰治をカムパネルラが助けようとする。駆け抜ける銀河鉄道のように、オチまで一気に書き切った。

深夜の異様なテンションでつくった「銀河鉄道の人間失格」を白日の下で見直すと全然面白くなかった。ライブでもスキージャンプのようにスベりまくり、そのまま墜落した。結果的に二人の最後のネタになった。

当時と同様、二人ともドリンクバーを注文し、花も咲かない昔話をしながら、テーブルに立てられたメニューの「期間限定スイーツ」を眺める。野尻が背筋を伸ばして何かを言おうとしたので、根尾も少し身構えた。

「実は話したかったのはさ、この間の『キング・オブ・ピン』見てさ、もう一回コンビ組めないかなと思ってさ」

野尻は気まずそうに俯いた。前髪がサラリと下がり、暖簾のように顔を隠した。

「いや、それは無理っしょ。また銀河鉄道の人間失格とかやるか？」根尾は冗談めかしたが、野尻がクスリともしなかったため、真面目に言い直した。

「もうピンで動き出してるから、コンビでやり直すのは無理だわ。悪いけど」

「そうだよな」

「ていうか、いま何やってんの？　仕事。前も聞いたけど」

根尾は以前から気になっていたが、野尻の容姿を見てますます現在の職業が気になった。野球の強豪大学でレギュラーとして活躍した根尾に対し、野尻は別の大学に進み、野球は続けなかった。日焼けした顔、金髪、ピアス、ホストのような姿に違和感があった。

「え？　いまはあれだよ……ホスト」

「そのまんまかよ！」

「ホストっぽいだろ？」

「ぽいけど！」

「昼夜逆転の生活だよ」

野尻は解散後、「うつ病」になったという。バイトを転々とした挙句、日銭を稼ぐためホストの道へ進んだ。

「芸人やりたいけど、ヒカリ以外と組むのは考えられないからさ、もう一度二人で漫才やらないか」野尻はすがるような目で熱いセリフを吐いた。

「ごめん」無理なものは無理だ。

「そうか。そうだよな」野尻は残念そうにケータイを取り出した。

「この動画覚えてるか？」

身を乗り出して対面の根尾に画面を向けた。

根尾の頭が真っ白になった。画面には不鮮明な動画が流れている。薄暗いカラオケボックスにいる男女。後ろ姿の男は中腰でジーンズとパンツをずり下げ、女性に覆いかぶさっている。ソファに座るロリータファッションの女性はフリルの付いたピンクのスカートをまくって足を開いている。男の左後方から映された動画では二人の顔が判別できないが、一瞬、男がカメラの方へ振り返ると、その顔は紛れもなく根尾の顔だった。「イエーイ！」とピースをする女の顔もバッチリ判別できる。泥酔して悪ノリした男女の卑猥な動画だ。

それは芸人とアイドルがコラボしたライブの打ち上げ風景だった。出演者の「桜姫」という地下アイドルと行った打ち上げで、根尾は飲みすぎて理性を失った。酔った彼女も根尾に抱きつき、キスを繰り返した。根尾もそれくらいの記憶はあったが、さらに性行為に及んだことも、その快感も、記憶に残っていない。

当時も、野尻に動画を見せられたときは青ざめた。二人の醜態は、悪ふざけをネットで晒して損害賠償を請求されるコンビニ店員と変わらない。

根尾は酔えば酔うほど酒量のペースが上がり、分別がつかなくなる。シラフの状態では空気を読んで周囲を気遣うタチだけに、アルコールが入ると繊細な性格の振り子が逆に振れるように、傍若無人になりがちだった。その典型的な失敗例を収めた証拠動画を野尻がいまだに保存していることが、そこはかとなく怖かった。

「覚えてるよ。記憶ないけど」根尾は妙な言い回しを使った。

「これ今なら、週刊誌とかに売れねえかな？　食いつくと思うんだよな。この子は今もアイドルだし、ヒカリはテレビに出たしさ。『芸人とアイドルのハメ撮り動画流出』みたいな」

「おい、マジかよ。待てよ。何言ってんだよ。嘘だろ。本気じゃねえよな？　おい！」根尾は次第に声のボリュームを上げた。隣のサラリーマン二人組が訝しげに見ていた。

「なんだよ、それ。脅迫する気か？」こいつ本気なのか。田代の顔が頭に浮かんだ。

「俺はまたコンビ組みてえんだよ」

野尻はケータイをしまった。

「嫌だよ。そもそも、おまえから解散しようって言ったんじゃねえかよ。動画消してくれよ。そのアイドルの人もかわいそうだろ。その人も活動してるって言ったよな？　アイドルというか女性の方がかわいそうだろ、そういうの流出したら」

「桜姫とは今でも連絡取ってるから、俺」

「だから何だよ」

「俺とコンビを組むか、動画が週刊誌に売れるくらいの金を出してくれるなら……」

「完全に脅迫じゃん。警察に言うぞ？　マジで。金もねえよ」

警察に言うわけにもいかない。声優の仕事が決まってから動画が流出するという最悪のシナリオが浮かんでは消える。喉が渇き、烏龍茶を一口飲んだ。

連絡を取っているというアイドルと口裏を合わせて「合意ではなかった」と事実を捻じ曲げられた日には、芸能生命が終わる。ホストになった今でこそチャラチャラしているが、根尾が知っている野尻は性根の腐った人間ではない。

「ピンでやりながら、コンビで活動してる人もいるじゃん。それでもいいんだよ。ヒカリがピンのときは物真似やって、二人では漫才を……」野尻は話を続けている。

根尾には彼の言葉が入ってこなかった。二人の間に険悪なムードが流れた。

「信じてるからな。来月は仕事で会う時間ないから。信じてるからな。マジで犯罪になるようなことは絶対にするなよな」と言うしかなかった。野尻は目を合わせなかった。

根尾は伝票をむしり取るように摑んでレジに向かった。野尻を置いて先に店を出た。

師弟

一〇月一日。根尾が田代の家に入居する日が来た。左手に重さ約二〇キロのスーツケースを引いていた。こんな日に限って雨が降り、ビニール傘では体と荷物の両方は守れなかった。野尻からの着信やメッセージは無視しているが、ドロドロした底なし沼のような恐怖感は拭いきれていなかった。

多摩川沿いの閑静な住宅街の一軒家に田代は一人で住んでいた。庭付き二階建ての豪邸だ。妻と三年前に死別し、一人息子は独立してスポーツ用品店に勤めているという。

田代の都合がいいという午後四時、芸人の端くれで声優の素人の二七歳は、震える人差し指でインターホンを押した。玄関アプローチには一〇個ほどの敷石が歩幅に合わせるように黒いドアまで並んでいた。敷石の上を歩かざるを得ない気持ちになる。自分の意思で歩いているようで実は誰かにコントロールされ、決められた道を歩かされているだけなのかもしれない。そんな不安がよぎった。

インターホンに応答はなかったが、しばらくして田代がドアを開け、脇から一匹のゴールデンレトリバーが顔を出した。根尾は思わず後ずさりした。動物は苦手ではないが、大型犬は狂暴だというイメージが頭にこびりついていた。

「こんにちは。今日からよろしくお願いします」ビニール傘を畳み、両手を太ももにつけて深々と頭を下げた。

「おう。よろしく。濡れるから入りな」

「犬を飼ってらっしゃるんですか？」自分の中で檻に見立てた門扉の外から聞いた。

「言ってなかったっけ。犬は苦手？　絶対に危害を加えないから大丈夫だよ」田代が左手でドアノブを持ちながら右手で犬の頭をくしゃくしゃっとなでた。

「ゴールデンレトリバーですよね。大丈夫です」根尾はぎこちなく笑ったが、すぐに「あ、僕が大丈夫ですっていうのも失礼ですよね。すいません」とまた頭を下げた。「危害を加えない」という言葉を聞き、おとなしそうな犬の雰囲気を見て、少し安心した。

　根尾は傘を閉じたまま門扉を開け、敷石や芝を傷つけないよう濡れたトランクを持ち上げてドアまで歩いた。玄関に入ると、茶色い靴箱の上や壁には何も飾られていなかった。室内の白い壁にも写真やカレンダーの類は一切見られず、花瓶のひとつも見当たらない。

　根尾は豪邸の外観から豪奢な内装を想像していたが、実際は白い壁に黒を基調とした家具が並ぶシンプルな室内だった。その方が、貧乏な若手にとっては居心地が良かった。

「二階に空き部屋があるから、そこ使って。スーツケースはあとで運ぼう。とりあえず、そこ置いといて。お茶でも飲もう。酒でもいいぜ」田代が意識したかは分からないが、「酒でもいいぜ」の部分は遼の声そのものだった。アニメの遼も事務所で一人寝泊まりする。田代の生活が、キザで一匹狼でありながら人間味もある遼のキャラクターを醸成してきたのかもしれない。

田代は根尾にホットコーヒーを出し、自分にはグラスと烏龍茶を用意した。冷凍庫から「一〇〇円ショップで買った」という球形の氷がつくれるケースを取り出し、ビリヤードの球くらいの丸氷を烏龍茶に浮かべた。

「あ、そうだ。一〇〇円ショップで思い出したけど、最初にこれ渡しておくわ。はい、一〇〇万円」

「一〇〇万円⁉」

根尾の声が裏返った。耳を疑った。目の前には分厚い封筒が置かれている。目を疑った。

「俺が無理言って一カ月拘束するわけだからさ、これぐらいは払うよ」

「いやいやいや！　これは受け取れないですよ。一〇〇円ショップで思い出したって……そんな軽い感じで渡す金額じゃないっすよ！」

「遠慮しないで。一カ月分のギャラだと思って」

「こんな大金もらったことがないので……ちょっと事務所に相談してみないと……」

「事務所には、言わなくても大丈夫だよ。これは正式な仕事のギャラじゃなくて、お小遣いみたいなもんだから。根尾君に声優をお願いする俺の気持ちだよ、気持ち。俺の、個人的なお金だから」

　田代は封筒を手に取り、根尾に差し出して笑った。根尾は両手で受け取り、恐る恐る中を覗いた。テレビでしか見たことのない札束が入っていた。それを確認すると、封筒が一段と重くなったように感じた。

「いいんですか……あ、ありがとうございます……」と唾をのんだ。

　しばらく沈黙が続き、田代のグラスの中で氷が音を立てた。

　リビングの絨毯の上では愛犬がくつろいでいる。初対面の人間に吠えることもなく、人見知りもしていない。根尾の方が〝犬見知り〟していた。

　根尾は空気をほぐそうと、自ら話を振った。

「あの犬の名前はなんて言うんですか？」

　本当は高級住宅街や家の広さについて質問したかったが、慣れない話題で失礼な物言いをしてしまったり、ボロが出るのが嫌なので控えた。犬の名前が無難な話題だ。根尾は気を遣ってガチガチに緊張していた。

　ところが、田代が言った名前が意外すぎて思わず笑いが漏れてしまった。

「ブルーハワイ」

　全然、無難な名前ではない。

「え、なんでですか？」

「俺ハワイが好きだから」

「いや確かにハワイ入ってますけど、かき氷のイメージしかなくて。犬の名前としては斬新ですね」と笑った。

田代は笑みを浮かべつつ、一度グラスの中の氷に視線を落としてから口を開いた。

「そこは『ブルー』を突っ込むと思ったけどな。青じゃないし、犬種に『ゴールデン』って色が入っちゃってるんだぜ？　違う色の名前だけはつけちゃダメだろ。黒い犬に『シロ』って名前つけたら突っ込むでしょ？」遼にダメ出しをされているような不思議な感覚だ。

「ハワイが好きだからってところも『じゃあロコとかアロハでいいんじゃないですか。ブルーハワイってハワイよりブルー目立っちゃってるんで』とかさ。俺はそんな感じのツッコミを期待してたな」と続いた。

根尾は自分に足りない部分を指摘されたのは分かっていたが、お笑いのダメ出しをされることに釈然としなかった。声優の修業に来ているのに。

田代は烏龍茶を一口飲んで話を続ける。

「ブルーハワイって長いからさ、省略して呼んでるんだ」

「……なんて呼んでるんですか？」

田代は漫才師がボケを言う前のような、とぼけた顔になった。必ずボケてくる。なんと呼んでいるのか、今度こそ的確に突っ込んでみせる。

「ブル」

「……ブルって！　ハワイ消えちゃったよ。ハワイが由来なのに」

精一杯のツッコミをするも、田代は目を閉じて口角を上げ、首を捻っている。

「そこは『ブルドッグかよ。一番ベタなブルドッグの名前だわ』ってツッコミが良くない？」

「あーブル……確かにそうですね。なんか『ポチ』とか全然関係ないパターンで来るかなと勝手に思って」と悔しそうに坊主頭を掻いた。田代が「ベタ」という用語を知っているのが意外だった。ここまで笑いに厳しいとは思わなかった。〝師匠〟は、声優になる前に物真似でショーパブの舞台に立っていた大先輩でもある。犬のくだりが普通に面白かったのが、根尾は少し悔しかった。「センス」を見せたい。これは勝負だと気合を入れた。

立ち上がった田代にブルーハワイが駆け寄る。すかさず田代は「ほら、いまのブルの真似してみな。まずここから。犬の気持ちになって」。またしても不意打ち。根尾は訳も分からず四つん這いで犬を演じた。

ブルが「ワンワン」と二回吠え舌を出すと「ほら真似して！　早く早く」と飼い主の指示が飛ぶ。根尾は「ワンワン」と見様見真似で舌を出した。

「鳴き声が違うよ。それはワンワンって言っているだけだから。ブルの気持ちになってみな」田代は許してくれない。根尾は鳴き声をコピーしようと声帯に神経を走らせた。

やがてブルは絨毯の角の定位置に戻り突っ伏した。根尾も両肘を突いて前腕に頬を乗せて体勢を真似る。我に返ると、異様な光景だと思った。

「鳴き声を真似するだけじゃないからさ。相手の気持ちになることが大事だから。まずはいまのブルの気持ちになってみよう。はい、いまブルは何を考えてると思う？」

これは大喜利なのか？　急展開すぎて何も浮かばないが、何か言わなければいけない。

「『こいつ誰だ？　見たことないワン』って感じじゃないですか？」根尾は言いながら恥ずかしくなり目を逸らした。

「語尾にワンをつけちゃダメでしょ。それ言ったら全部ワンなんだから」確かにそうだ。

田代のツッコミが的確で、このまま漫才のネタにしたいくらいだ。

「ふざけてる？」

田代が真顔になった。部屋の空気がピリついた。

「いいえ、すいません。ふざけてないです」

根尾は素早く四つん這いから直立不動の体勢になった。

「立っちゃダメでしょ。犬なんだから」

「はい、すいません……」

再び四つん這いになる。この空気で犬の真似はきつい。

「じゃあ、ブルは何を考えてると思う？　ワンは禁止で」とニヤリ。根尾もホッとして笑みがこぼれた。

「そうですね。『こいつ誰だ？』でお願いします」とクイズのようにファイナルアンサー宣言をした。

「俺は違うと思う。たぶんだけどね」田代が「ボケ顔」になった。

「俺の子孫を残したい」

「それ犬の本能じゃないっすか！　そりゃそうだわ、動物は常に」自然とタメ口で突っ込み、田代が一瞬の間を置いて笑った。やっと笑ってくれた。

大の大人による全力の犬真似、犬の気持ち大喜利は、小一時間続いた。人見知りの根尾は、グラスの中の大きな丸氷が溶けていくとともに徐々に家に馴染んでいくのを感じながら、徒労感、羞恥心、犬になる屈辱を嚙みしめた。正直、きつかった。襲名への道は動く歩道のような甘いものではなく、想像以上に険しいことを予感させた。

ひと息ついた二人は協力して荷物を二階へ運んだ。根尾には六畳の部屋が与えられた。テレビと机と布団があり、向かって右側の壁をほとんど隠している大きな棚には「タイムトラベラー遼」の漫画全三二巻と数百枚のＤＶＤが並んでいた。

「ここにアニメのＤＶＤ全部あるから好きに見ていいよ。俺も台本もらったらそこの多摩川の河川敷で練習しているからさ、そこで一緒に練習しよう。朝は犬の散歩もしてるんだ」

根尾はひと通り田代家の説明を受けた。「気遣わないでいいから」と繰り返し言われるたびに、逆に恐縮していく自分がいた。

田代は料理好きで、家族で暮らしていたときも頻繁に料理をしたらしい。根尾は包丁も片手で数えるほどしか握ったことはなく、ほぼ毎食コンビニで済ませている。恐縮しきりの若手芸人は料理以外の家事全般や犬の散歩など、できることは何でもすると誓った。一カ月住ませてもらう上に、お金をもらっていることを忘れてはいけない。

初日は根尾の歓迎会を兼ねて外食することになった。田代はマネジャーにも声を掛けた。長年、美智子夫人がマネジャー兼個人事務所社長を務めてきたが、三年前に他界してからは二十代の女性がマネジャーとなり、経理や運転手も担っているという。彼女も元々は声優志望だったらしい。

「遼が一番食べたい物を食べに行こうか。何だと思う？」

田代の大喜利ともクイズとも取れる問いに慣れてきた根尾は、瞬時に頭をフル回転させる。アニメの中の遼は狭い店でカレーかラーメンばかり食べている。常に時間に追われ、どちらかのメニューを急いで口にかき込んでいるイメージだった。

「ラーメンです。それか……カレー」と答えた。

「惜しい。一度だけ『ラーメンにカレーがかかっていれば最高だな』ってセリフがあった。二〇年くらい前。だから正解はカレーラーメンだな。カレーラーメンを食べられる店が近所にあるから、そこ行こうぜ」

白い壁とゴールデンレトリバーの色合いがカレーを連想させ、根尾は「カレーの口」になった。いつの間にか雨は止んでいた。

店は「タンドール」というインド料理店だった。本格インドカリーの文字が躍る看板に、象がデザインされている。

「ここのカレーラーメンが美味いんだよ」田代は看板を指してうれしそうに根尾の方を見た。

「ラーメン屋かと思ったら、まさかのカレー側からのアプローチだったんですね。しかも本格カリーなのにラーメンあるんですね」

「そう。ライス、ナン、ラーメン、うどんから選べるんだよ」

「うどんもあるんですか？　インドから日本にだいぶ寄せてますね」根尾は笑った。

「カレーうどんにいたっては、もう逆輸入だもんな？」田代の逆輸入という言葉のチョイスに芸人として嫉妬した。自分には出せない鋭いフレーズだ。

四人掛けのテーブルに座り、二人ともチキンカレーとラーメン、ビールを注文した。

根尾はカレーを食べながら酒を飲むのが嫌いじゃなかった。ウコンが気休め程度でも二日酔いを和らげてくれそうだからだ。体のことを気にしていたが、酒をやめるのは不可能に思えた。

乾杯からしばらくして、インド人店員によって料理が運ばれてきた。銀の大皿の上に小さな器に入ったチキンカレー、別皿に麺が盛られている。

「ナンみたいにラーメンがついてくるんですね。つけ麺みたいで、美味しそうですね」根尾が初めて目にする料理の感想を述べる。

「うどんの場合は、日本のカレーうどんみたいに、丼にカレーとうどんが入ってるんだけどね」田代が皿を受け取りながら真顔で言った。

「あ、そうなんですか？」

「嘘だよ。『じゃあラーメンも丼で出せよ』って突っ込んでほしかった」と、またダメ出し。確かに、カレーうどんの発想があるなら、ラーメンもスープに浸して出してほしい。

「そうですね」と言うしかなく、少し凹んだのでビールを飲み干しテンションを上げた。

二杯目のビールを注文した頃、田代のケータイが振動した。

「由梨だ。マネジャーだよ。ちょっと俺の声で出て。『タンドールにいるから来て』って言えば分かるから」と根尾に電話を渡した。

「え!?」ビールを吹き出しそうになったが、すでに左手に電話を渡されている。物凄くテンパっているのが自分でも分かった。

「早く早く。切れちゃうから」田代が急かしている。

「大丈夫かな」と呟き、田代の口調を真似て電話に出た。

「もしもし」

スマホを持つ手が小刻みに震えていた。

「お疲れ様でーす」

あどけない声が聞こえてきた。第一声ではバレなかったようだ。

「おう、お疲れさん」

「いま駅に着いたんで、これから向かいますね」

「おう、駅着いた？『タンドール』にいるから。今入ったところ」

徐々に落ち着きを取り戻し、言葉がスムーズに出た。

「あの芸人さんも来ているんですよね？　例の野球の、あの、許せないっていう……」

「え……？」

つい地声が出てしまった。許せない？　マネジャーの高い声は確かにそう聞こえた。聞き間違いかもしれない。電話の向こうでは、雨に濡れた道路を走る車の雑音が絶えず、彼女の声が少々聞き取りづらかった。

根尾は一瞬、聞き返そうとしたが、怪しまれると思い田代の声色で平静を装った。

「あー芸人の彼も来てるよ。うん、じゃあまた後で」

電話を切って大きく息を吐いた。鼓動は激しいままだった。

「バレなかっただろ？」田代が少年のようにキャッキャと笑っている。

「大丈夫だと思いますけど、分かんないです。違和感なかったですかね？　あー緊張しましたよ」本格カリーと緊張で汗をかいたので、スマホの水滴を拭き取って返した。

「それだよ、それ。それが声優への第一歩だ」

根尾は分かったような分からないような「第一歩」を踏みしめ、ウコンとビールを体内に注入。汗が止まらなかった。声を真似したというより、田代になりきって話している自分を、もう一人の自分が俯瞰で眺めているような感覚だった。

根尾は耳に残った言葉を反芻していた。田代とマネジャーの間で交わされていた「許せない」という言葉を、絶対に聞いてはいけない自分が聞いてしまった。

やはり、タイムトラベラー遼の物真似に腹を立てているのだろうか。吉田マネジャーも言っていた。怒っているに違いない。長年やってきた遼の声を低俗なコントに使われたことが許せないのだろうか。いや、やっぱり聞き間違いだろうか。何か別の話題でたまたま出てきた言葉だったのかもしれない。いや、そんなはずがない。怒っているに違いない。

「野球」って聞こえた気もする。バスターという芸名のことだろうか。ネガティブな自問自答が根尾を追い込んでいった。

根尾は田代の顔を見る。柔らかい微笑が様々な感情を孕んでいる。根尾の方から真意を確認できるはずもない。目の前に置かれたビールの泡が消えていく。酔いが醒めそうで怖かった。

ほどなくして店のドアが開き、マネジャーの市川由梨が入ってきた。ポニーテールで前髪が眉毛にかかり、加工したプリクラのように大きな瞳で小顔、厚い唇。

インドにアイドルが来た。

「初めまして。松本芸能のバスター根尾です」慌てて席を立ち、深々と頭を下げた。

「あーこんばんは。マネジャーの市川です。よろしくお願いしまーす」

声優界に詳しくない人間が「声優アイドル」と聞いてイメージするキラキラした可愛い声だった。年上好みの根尾も、その「華」に心を揺さぶられた。

「声優界のアイドルだったんだよ」田代が自慢げに紹介した。

「いえいえ嘘ですから。全然です。私、才能ないので」市川がインド風の店内に笑顔を振りまいた。あらゆる不安を一瞬で消し去る笑顔。スパイシーなインド料理店で、周りの人間を笑顔にする魔法のスパイスのような笑顔だ。

「声優さんってみんな凄いんですよ。私には無理でした。そもそも滑舌が悪いっていう。致命的です」市川は自虐的なセリフを続けた。

根尾の右隣に座った市川は、カレーうどんとラッシーを注文。白のセーターに「カレーうどん痕」がつかないか心配になる。年齢も気になった。何年ぐらいで声優に見切りをつけたのだろうか。聞きたいけど、聞けない。

「声優じゃなくても、普通のアイドルになれるんじゃないですか？」根尾は市川の顔を見ずに話した。右耳だけ熱くなった。

「無理ですよ。もう二九歳だし」

「年上ですか⁉　僕二七なんですけど。絶対二十代前半だと思いました」根尾は初めて市川の顔を間近で見たが、至近距離でも自分より若く見えた。

「根尾君は天才ですよ」田代がなぜか敬語で言った。

「全然そんなことないです」根尾がかぶりを振る。

「さっきの電話さ、実は俺じゃなくて彼が出たんだぜ。ははは」田代は身を乗り出した。

「本当ですか⁉」市川が目を丸くした。ワイプに映ったアイドルばりの好リアクション。

「全然分かんなかった。声も似てるし、え？　話し方も同じじゃないですか⁉」

「いやいや。元々声が似てるだけです。バレなくて良かったです」根尾はそれ以上喋るのが恥ずかしくて、沈黙を埋めるためにビールをあおった。

「あ！　私……変なこと言ってませんでしたか？」

市川が口を押さえ、上目遣いで根尾を見た。

「あ、いや……どうだったかな？　言ってなかったと思いますけど……」

根尾は目を逸らした。また鼓動が激しくなる。頭が混乱している。

田代は電話での市川の言葉を聞いていないので、あっさりネタばらしをしてしまった。彼女が通話相手を田代と思い込み心を許して言ったことが、聞かれてはいけない人間の耳に入ったことがバレてしまった。市川もそれに気付いている。大丈夫だろうか。

「大丈夫でしたか？　もし私が変なこと言っちゃってたら、それは忘れてくださーい。物真似だと思わなかったー」

市川は無邪気に話し続けていた。さっきは明らかに彼女が動揺したように根尾には見えたが、いまは普通に喋っている。もしかしたら、電話でのやり取り自体を細かく覚えていないのかもしれない。そもそも深い意味はない言葉だったのかもしれない。杞憂だったのだろうか。

ジョッキを口に運びながら横目で市川を見ると、汁が飛ばないように器用にうどんを食べていた。吸引力を使わずに、うさぎのように前歯で麺をかじっている。

「うどんの食べ方が可愛いというか……斬新ですね」

「汁が飛ぶからライスにしようと思うけど、なんかうどん頼んじゃうんですよね、いつも」市川が微笑んだ。

「なんかうどん」というのが「なんとなく」「なぜか」というニュアンスの「なんか」なのか「ナンか、うどん」の二択という意味なのか。店が店だけに分かりづらいが、真相を聞くほどのことでもないので迷宮入りにした。

「根尾さんは芸歴何年なんですか？」

「五年くらいですね。ピンになって二年です。ちなみに、市川さんは何年くらい声優を……」

「三、四年ですね。辞めてからマネジャーを探しているという話を聞いて、拾ってもらいました」と掌を上に向けて田代を差し、ペコリと頭を下げた。

「由梨は酒飲めないいんだよ。羨ましいよな」田代が笑う。

酒が飲めない体質を「羨ましい」と言う田代の言葉に根尾は激しく共感した。まったく飲めないか、何杯飲んでも変わらない酒豪になりたい人生だった。

「由梨はラッシーしか飲まないんだよ」

「そんなわけないでしょ。インド限定じゃないですか」根尾が突っ込んだ。

「いいね。今のツッコミ」田代が親指を立てる。

「何がですか？」市川は赤いストローが挿さったラッシーのグラスを手にキョトンとしている。根尾の絶妙なツッコミを聞いていなかったようだ。

歓迎会も無事に終わり「タンドール」を出ると、香りが本格カリーからキンモクセイに変わった。駅に向かう市川と別れ、根尾と田代は帰路に就いた。

「キンモクセイってさ、秋を感じる素敵な香りみたいになってるけどさ、凄い名前だよな?」田代の声が夜風に乗ってきた。

「キンモクセイ?」

「香りが売りなのに、名前に『くせい』って入ってんだぜ?」

田代節は続く。

「大学生っていうのもさ、トイレの大と小の『大が、くせい』って意味かな。小学生は『小が、くせい』。小学生ならオネショするやつもいるしな。問題は高校生なんだよ。親孝行しろっていう意味なのかな。『孝行せい』ってことなのか? 本当か?」

どうでもいい疑問だが、こういう視点こそ芸人に必要なものだと根尾は考えている。独特の観点で日常を掘り下げて非日常を生み出す。それが「センス」かもしれない。根尾もコンビ時代に言葉遊びを得意としていたものの、安易なネタばかりだった。

ふと、夜空を見ながら、「ベタ」と「センス」でつくった自分たちの漫才を思い出す。センターマイクの前に立つ二人。

根尾　はいどうも、ベタンセスです。
野尻　学生時代に歴史の勉強で語呂合わせってやりましたよね?
根尾　ああ、年号とか覚えましたね。一一九二年で「イイクニつくろう鎌倉幕府」とかね。
野尻　僕なりの覚え方もあったんですよ。

根尾　どんなの？

野尻　鎌倉幕府なら、一一九二人が集まって鎌倉幕府をつくろう。

根尾　数字言っちゃってんじゃねえか。数字なら一一九二年そのまま覚えろって話だから。

野尻　一一九二人で力を合わせて、いい国つくろう！

根尾　最後だけでいいんだよ。イイクニつくろうが語呂合わせだから。

野尻　一一九二だから「いちいち、急に（一一九二）話しかけるな」とかどう？

根尾　鎌倉幕府は入れろよ。何を覚えてんのか分かんねえだろ。

野尻　いちいち急に話しかけるな。こっちは忙しいんだよ。鎌倉幕府つくったから。

根尾　長いな。語呂合わせを覚えるのに脳みそを消耗するのは本末転倒だから。

野尻　あと、「鳴くよウグイス平安京」とか覚えにくいよね？

根尾　覚えやすいでしょ。七九四年で「ナクヨ」。

野尻　七と九と四でしょ。七面鳥と九官鳥と四十雀《シジユウカラ》が、鳴くよ。

根尾　いや鳥を集めなくていいんだよ。七、九、四の鳥を探さなくても「鳴くよ」だけでいけただろ。

野尻　「白紙に戻そう遣唐使」とかあったっけ？

根尾　遣唐使が廃止された八九四年だろ。

野尻　あれもいい覚え方あるよ。八九四で「焼くよウグイス遣唐使」。

根尾　焼くな焼くな。おまえのウグイスは平安京で鳴かずに一〇〇年後に焼かれるのかよ。
野尻　八九四なら「八羽食うよウグイス」でもいいよ。
根尾　食うなって。しかも八羽って食いすぎだよ。
野尻　吐くよウグイス。
根尾　食いすぎて吐いてんじゃねえか。確かに八九四で「吐くよ」だけど。
野尻　じゃあ、一旦ウグイスのことは忘れて、白紙に戻そう。
根尾　最初からそれで覚えてんだよ。
野尻　鳴かぬなら　鳴くよウグイス　平安京
根尾　それ違うやつだわ。ホトトギスのやつ。
野尻　あー織田信長とかのやつだよね。
根尾　そうそう。信長は「鳴かぬなら　殺してしまえ　ホトトギス」五七五ね。
野尻　あー五七五年なんだ。
根尾　違う違う。五七五の俳句。五七五年を五七五って語呂合わせになってねえから。
野尻　じゃあ何年の語呂合わせなの？
根尾　あれは語呂合わせじゃなくて、信長の性格を俳句で表現してるんだよ。ほかにも家康とか秀吉とか、ホトトギスの俳句で性格が分かるんだよ。
野尻　じゃあ俺も自分の性格を俳句で表現するわ。

根尾　そんなことできんのかよ。
野尻　ホトトギス　殺してしまえ　ウグイスを
根尾　ウグイスかわいそうだろ。おまえがウグイス嫌いなことしか分からねえわ。
野尻　キリギリス……。
根尾　鳥でもねえじゃねえか。
野尻　キリギリス　アリを見習え　キリギリス
根尾　外国の話になってるよ。
野尻　俺、怠け者だから。
根尾　それキリギリスの性格だよ。
野尻　ウグイスが　鳴くまで待とう……。
根尾　おっ、そこまではいいよ。性格が出てる。
野尻　だろ？「ウグイスが　鳴くまで待とう　ホーホケキョ」
根尾　鳴くのかい。いいかげんにしろ。

　賞レースで披露したそれなりの自信作。語呂合わせは誰でも知っている材料であり、どんな芸人でもそれなりの漫才をつくれる。分かりやすいというのは、悪く言えばストライクゾーンへ置きにいった無難なネタ。「キンモクセイ」に「くせい」が隠れているという発想の方が、はるかに面白い漫才がつくれる気がした。

「はい、どうもー。キンモクセイって凄い名前ですよね？」と切り出すだけで、まったく違うネタの扉を開くことができ、そこには見たことのない景色が広がっている。芸人でもない田代が、その新しい扉をいとも簡単に開いてしまった。それがショックだった。

長時間かけてつくった漫才が急に恥ずかしく思えてきて、芸人としての未来に絶望した。妙に酒が飲みたくなった。

帰宅した田代は、お気に入りの丸氷をグラスに入れ、段ボールから取り出した缶チューハイを注いだ。アルコール度数一五％の「超ストロングチューハイ」だった。

「それ僕も毎日飲んでます。箱買いしてるんですね」根尾の顔がほころんだ。

「家で飲むのが一番気楽だからね」田代はグラスをもうひとつ用意し、根尾に差し出した。常温のチューハイに大きな氷を溶かし、チビチビ飲むのが田代の飲み方だった。

ブルも寝てしまった午後一〇時半。

「『負けず嫌い』っておかしいよな？　負けるのが嫌いなら『負け嫌い』だと思うんだけど。負けないのが嫌いになっちゃってるもんな。食わず嫌いに釣られたのかな」田代は饒舌だ。

根尾も一五％チューハイで本調子を取り戻し「超ストロング根尾」に変身した。口数が増え、フランクな言葉遣いになっていく。何気なく時計を見て、大事なことを忘れていたのに気付いた。吉田マネジャーへの連絡だ。初日に必ず電話で報告するよう言われていた。席を外し、二階の部屋で電話をかけた。

「もしもし。お疲れ様」

「根尾です。お疲れ様です。すいません、田代さんとマネジャーの市川さんと飲みに行かせていただいて連絡が遅くなりました。無事に引っ越しも終わり、いや引っ越しじゃないですけど、初日、無事に終わりましたので、報告させていただきました」酒の入った根尾の声は少し高く、音量もやや大きい。いつものことだった。

「そう。とりあえず良かったね。さっき市川さんと田代さんとも電話で話したから大丈夫だよ。初日から声優の練習したの？」吉田は冷静に聞いた。

「はい。というか、犬の物真似をしました。ゴールデンレトリバーの真似を一時間くらい」と笑い「最初は大型犬が怖いし正直しんどかったんですけど、楽しい一日でした」

正直な気持ちだった。

翌朝七時、ブルの散歩で一日が始まった。二人は多摩川の河川敷の散歩コースを歩いた。土手を降りて野球場を横切ると、川岸には根尾の胸くらいの高さまで伸びた草が生い茂っている。揺れる水面を二人で眺めていると、田代が口を開いた。

「夜はここで練習するんだよ。電灯の明かりも届かなくて暗いから集中できる。一緒にやろうか。今日オンエアあるしな。それ見て練習してみようか」

アニメが放送される日曜日。三〇分の散歩を終えて引き返す頃、河川敷には少年野球チームの姿が見え始めた。

「この中で将来プロ野球選手になるやついるかな？」おもむろに田代が言った。

「凄い天才がいるかもしれませんよね。分かんないですよね、どこに天才がいるか」と根尾は話を合わせたが、その話題はそれ以上続かなかった。なぜか田代の表情が暗くなった。根尾は、何かまずいことを言ってしまったかと焦っていた。

「明日からブルの散歩を任せるわ。外で一人になるのも気晴らしになると思うし、散歩しながら練習してもいいし。犬の気持ちになりきって散歩してもいいよ。犬になりきって犬の散歩してるやついたら面白いと思うよ。ネットで動画を上げればバズって売れるかもよ。俺が撮ろうかな。ヤラセっぽいけど」田代は冗談めかした。

「確かに、バカバカしくていいですね。犬に似てれば似てるほどいいですね」

夕方六時半。五〇インチのテレビの前に二人は座った。田代がソファに腰掛け、根尾は絨毯の上に体育座り。初めて二人で見る「タイムトラベラー遼」が始まった。

今回は「巨匠が初めて描いた人」というタイトルの切ない話だった。

遼に仕事を依頼したのはアカデミー賞を受賞した世界的アニメ映画監督。七三歳の巨匠・高崎三郎だ。高崎は独身だが、中学の同級生に好きな女の子がいた。その初恋相手の似顔絵を必死で描いたのがきっかけで、絵を描くことに目覚めた。

当時は告白する勇気がなかったが、どうしても中学時代に描いた似顔絵をプレゼントして思いを伝えたいのだと訴える。告白寸前までいった卒業式の日にタイムスリップし、遼に背中を押してほしいという依頼だった。名声を手にした巨匠が七〇歳を過ぎても後悔しているのだから、よっぽど好きだったのだろう。

遼は高崎から二人の中学時代の写真を預かり、過去に向かった。高崎はメガネを掛けて太った朴訥な少年。タイムスリップした遼は、一人で卒業証書を手に逡巡しながら女子三人組の後をつける高崎少年を発見する。時間軸が逆で妙な言い方だが、高崎の面影があるから簡単に見つかる。

女子グループが角を曲がったタイミングで遼はサングラスを外して少年に近づき、ハンカチを差し出した。

「ちょっといいかな？　いま歩いてた女の子の誰かがこれを落としたみたいなんだけど、聞いてみてくれないかな？　おじさん急いでてさ。たぶん真ん中の子だと思うんだけど」

遼は好きな子に話しかけるチャンスをつくった。ポカーンと聞いていた高崎だったが、覚悟を決めてメガネを上げると、ハンカチを手に走って女子グループを追いかける。

遼は電柱の陰から高崎の様子を見守っていた。告白寸前の状態なら、話しかけるきっかけさえあれば大丈夫だと踏んでいた。ところが、女子の手前で少年は足を止めた。

慌てて遼が駆け寄る。

「どうした？　届けてあげた方がいいよ。話しかけなよ」

「僕みたいなデブでブサイクなやつが話しかけても嫌だろうから……」少年は首を横に振り、モジモジしている。遼は右手を高崎の肩に置き「卒業式だよね？　今日を逃したらチャンスないよ。後悔するよ。あ、たまたま映画のチケット二枚もらったからさ、これあげるから映画とか誘ってみれば？」遼は内ポケットからクシャクシャのチケットを取り出し、無理やり少年に握らせた。

それでも高崎は「どうせ僕なんて格好悪いし、みんなにブタとか言われてるし、運動神経も悪いし、頭も悪いし。どうせ……どうせ僕なんて」と半泣き。

そこで遼が言い放つ。

「ああ、そうだよ。おまえは格好悪いよ。顔とか体形じゃねえんだよ。どうせ俺なんて、どうせ、どうせって諦めてるところが、すげえ格好悪いんだよ！　思いを伝えて、それでダメならダメでいいじゃねえかよ！」

少年はびっくりして、遼を見上げている。

一時間以内で告白させなければいけない。女の子が行ってしまえば難易度が上がる。

「彼女に渡したいものとかないのかよ。例えば、絵が上手いなら、なんか似顔絵とか描いたりするだろ？」遼は焦っていた。

少年は全力疾走で彼女を追いかけ、声を掛けた。

「あの、このハンカチ拾ったんだけど、誰かの落し物じゃないかな？」

女子三人は足を止めて振り返ったものの、当然否定して再び歩き出す。高崎は意を決して意中の女子に話しかけた。

「ちょっと話があるんだ。いいかな？」

困惑する彼女を前に、深呼吸して大声で言い切った。

「実は、ずっと君のことが好きでした！」と体を九〇度に曲げた。

少年は沈黙を怖がるように鞄から丸めた画用紙を取り出した。色鉛筆で描いた似顔絵は、絵の才能と好きな子への思いがほとばしっている。

「これ描いたので受け取ってください」涙がこぼれた。

「高崎君って絵上手いんだ。知らなかった。びっくりした！　でも、気持ちはうれしいけど……」女の子は申し訳なさそうに話す。その瞬間、高崎は「大丈夫。初めて絵を褒められただけでもうれしかったです。ありがとう！」と踵を返して走り出した。

ひと気のない小さな公園のブランコで泣いている高崎の背中に、遼が語りかける。

「格好良かったよ」

「おじさん急いでるんじゃないの？　あ、映画のチケット返すよ」ポケットに手を入れた。

「いいよ、あげるよ。映画見に行く時間はないけど、ちょっと話そうぜ」

涙が止まらない高崎少年。

遼が言った。

「大丈夫。おまえ天才だから」

告白は実らなかったが、七三歳の過去は変わった。たとえそれが、セピア色のままだとしても。

告白を経験した高崎はのちに、中学時代に好きな子に歌をつくったのがきっかけでミュージシャンになった若者を描いたアニメ映画を撮った。

エンディングテーマが流れた。

根尾は遼の声優の田代と見ていることに不思議な感覚を覚えつつ、物語に見入って泣きそうになっていた。

田代がテレビを消して立ち上がった。

「『おまえ天才だから』っていいですね。感動しました」根尾が話し「怒るところも好きでした。『どうせ、どうせって諦めてるところが格好悪いんだよ！』って。あそこまで感情を露わにする場面も珍しいなと思って」

「俺に言われてもな。声をやっただけだからさ」田代は髪をかき上げた。

多摩川の土手を降り、舗装された道をジョギングする人を尻目に川岸へ向かう。川に近づくにつれて暗くなり、五感が研ぎ澄まされていく。

「よし、じゃあさっきのセリフ言ってみよう。『大丈夫。おまえ天才だから』ってやつ」

田代が切り出した。

「あ、はい。録音します」根尾はケータイを取り出す。自分の耳で聞く声は録音した声と微妙に違うため、練習のときはボイスレコーダー機能を使って録音するようにしている。

目をつぶってアニメのシーンを思い浮かべる。

「大丈夫。おまえ天才だから」と全力で物真似した。

しばらくの沈黙が周囲の暗さを強調し、暗さが沈黙を強調している。録音した音声を再生してみた。

「大丈夫。おまえ天才だから」

「似てる」ようやく田代が口を開き「似ている。もっと似せるには、もう少しだけ高い声にするといい。気持ち高音にするといいよ」

「大丈夫。おまえ天才だから」助言を受けた根尾が真似した。

「うん。さっきより似てるね」録音を聞く前に田代が言った。

「大丈夫。おまえ天才だから」修正を加えながら繰り返した。

「どんどん似てきたね。もっと似るようにするには、『大丈夫』のところを『だーいじょうぶ』っていう感じで軽く伸ばしてみな」

「大丈夫。おまえ天才だから」

「そうそう。いままでで一番似てた」

根尾はホッとしたが、すぐに田代の言葉に打ちのめされた。

「一番似てるけど、いまのが一番悪かった。最初が一番良かった」

それがどういう意味なのか分からなかった。暗闇の中でかすかに見える田代の顔を見ながら、ただただ困惑していた。怒っているのだろうか。

「これは俺の考えだけど」と前置きし、師匠の解説が始まる。「物真似芸人じゃなくて声優だから、演技をしなきゃいけない。技術的に真似するだけのセリフでは、不思議と聞いた人は感動しないんだよ。真似するんじゃなくて、演じないといけない。役になりきるのは、役者も声優も一緒だよ」

根尾の中で何かが弾けて、繋がろうとしていた。目から鱗だった。似せよう似せようとして文字を読んでいた自分の頭の中には、遼の顔さえ浮かんでいなかった。

インド料理店で田代になりきり電話をしたときの感覚を思い出す。田代になりきって、それを上から見る自分がいる感覚。市川マネジャーとの会話で出てくる言葉の数々は、セリフを読んでいたわけじゃない。本人になりきったら自然に出たアドリブだ。

田代も同じことを話し始めた。

「『タンドール』で俺が言いそうな言葉で由梨と電話してたときあったよな？　あのとき

と何が違うか考えてみな」次第に指導は熱を帯び「遼とフラれた中学生が、ブランコに座っている。中学生は泣いている。あの状況で、遼の性格で、励まそうとして出てきた言葉が『大丈夫。おまえ天才だから』だったんだよな？　だけど、ただ気休めで『天才』と言ったわけじゃない。遼は、少年が将来アニメ界の巨匠になる正真正銘の天才だと知っている。あのとき、それを知ってるのは彼だけだ。だから、あのセリフは遼にしか言えないんだよ。だから！　感動するんだよ。その声だけをコピーしたところで、人の心を動かすセリフにはならない。……と俺は思う。あくまで俺の考えだけどな」

根尾は一言一句逃すまいと聞いていた。田代は根尾から離れるように歩き始め「ちょっと練習してみな。俺も今度収録する回の練習するから」。舞台袖のような暗がりの中、身振り手振りを交えて演技を始めた。田代は直立不動の根尾の視線に気づいて中断し「どうしたんだよ」と笑った。

「あ、いや、台本見ないのかなと思いまして。暗くて読みにくいけど……」

「俺は本を頭に入れて練習したい。声優が台本とアニメの映像を見ながらマイクに向かってるのをよく見るじゃん？　俺は台本を持たないで演技したいんだよ。元々役者だったし、その方がいいと思ってやってきたから、変えろと言われても無理だな。あ、言っとくけど、このやり方は別に強要しないから、台本見てもいいよ。とにかく、なりきるっていうことだと思う。だから初日に犬の気持ちになりきってもらったんだよ」

「分かりました！」そのときの声は遼のものではなく、紛れもない根尾光の声だった。

「やっぱり体の中に遼を入れてほしいんだよな。タイムトラベルできるくらいにさ。俺は本気でタイムトラベルできると思ってるからね」真顔で言う六〇歳が格好良かった。


次の日の練習は夕食後。田代は夕食時にチューハイを飲み、根尾にもすすめた。二人は酒が入った状態で河川敷に向かう。霧雨が降り、パーカー一枚で出てきた根尾は肌寒かった。

「どんな環境でも遼が体に入っていれば気にならないから。雨でも酔っててもな」と田代に言われ、腑に落ちた気がした。アニメの世界に入れば、現実の寒さも雨も気にならなくなるはずだ。酔いがすっかり醒めるまで、稽古は続いた。

練習中は根尾も雨を感じなかったが、帰りに街灯の光で霧雨が降っていることを思い出し、全身が濡れていることに気づく。どれほどの時間が経っただろうか。濡れた黒いスニーカーが光っている。遼が履いている爪先の尖った黒い革靴だと思えば気にならない。

だいぶ普通に話せるようになってきたので、思い切って聞いてみた。

「田代さんから見て、僕の物真似の気に入らないところというか、許せない……物真似のここが許せないみたいなところはありますか？」

「なんで？」

「いや、別に……なんとなく聞いてみたかっただけです」

「物真似は似ていると思うよ」

「ありがとうございます」

根尾が会釈した。会話のキャッチボールが止まる。一瞬の沈黙に二人は顔を見合わせ、同時に吹き出すように笑った。

「なんだよ！　何か言いたいことあんのかよ」と田代が笑った。

「いや、大丈夫です。忘れてください」

うまく聞き出すことはできなかった。根尾は霧雨に顔をしかめる。頭の中も霧がかかっているようだ。

帰宅後、風呂上がりに改めて二人で酒を飲んだ。酔っていたが、まだ理性で自分をコントロールできる状態。階段を上がり、ＤＶＤと本に監視されているような部屋に戻る。

「俺は本気でタイムトラベルできると思ってる」という田代の言葉を思い出し、メモ帳に書いた。その下に「俺もタイムトラベルできる」と殴り書き。「ダウンタウンになれる」と書き記して芸人を始めた五年前を思い出した。あの頃にタイムスリップして現状を話しても、昔の自分は信じないだろう。五年前のアニメのＤＶＤを棚から抜き取り、再生した。

再会

住み込み生活が一週間を過ぎようとしていた。根尾は新しい環境にだいぶ慣れ、田代に言われたとおり、なるべく遼になりきり、任されたブルの散歩や家事をそつなくこなした。部屋ではDVDを見て研究し、納得いく音声が録音できたら田代に聞かせた。田代はセリフがどの話のどういう場面のものか、ほとんど正確に覚えていた。根尾に対しては、とにかく「声優に向いている」と褒め続けた。それは称賛というより「ヨイショ」に近かった。

田代が仕事で深夜まで家を空ける日、「これ遠慮なく飲んでいいからな」とチューハイの段ボール箱を指してニヤリ。空き缶入れの場所、丸氷を上手につくるコツを既に覚えていた根尾は、ひとり残された豪邸で「超ストロング根尾」に変身しようとしていた。

吉田マネジャーへの連絡など事務的な用事を済ませると、コンビニ弁当をつつきながらチューハイを飲み干した。氷の大きさが変わらないうちにグラスが空になり、遼から根尾光に戻る。レモンだろうがグレープフルーツだろうが、味は何でもいい。脳天にガツンとくる快感がたまらない。

アルコール依存症か否かは飲む量で決まるわけではなく、酒量を自分でコントロールできるかどうかだ。最初の空き缶を握りつぶした根尾は、二本目、三本目と箱の中へ手を伸ばしていった。もう止まらない。

弁当の容器や空き缶を片付けること、二階の部屋に戻ることだけはベロベロでも忘れなかった。理性が利かない状態でも、礼儀が動物的な本能として刷り込まれている。泥酔しても散らかしたままリビングで寝るような醜態を晒すことはなかった。

ケータイに目を遣ると、相変わらず野尻からのメッセージが来ている。「例のアイドルと相談している」「もう一回だけ話を聞いてほしい」「今度、週刊誌に連絡する」。アルコールの力もあり、次第に恐怖感も麻痺してくる。虚ろな目でメッセージを読んだところまでは覚えていた。普段はスルーするが、根尾の親指が無意識のうちに動いていた。

翌朝六時半に二階の部屋の床で目が覚めた。重い体を起こしてスマホを見る。同じ失敗を繰り返す自分に辟易。記憶はないが、野尻のメッセージに返信している。

「もうコンビ組むことねえし」「おまえは脅迫してる人間のクズだ」「知り合いの弁護士に相談する」と立て続けに送っている。知り合いに弁護士などいなかった。

野尻から「一度会って話した方がいい。少しでも時間をつくってくれ」というメッセージが届き、その後、まったく記憶にない通話履歴まで存在した。背筋が冷たくなった。

遼になりきる余裕もなく、田代を起こさないよう気をつけながら、急いでブルの散歩に出かけた。サラリーマンの憂鬱を乗せた通勤電車が重そうに走る高架下を歩きながら、野尻のことを考えていた。

　すると突然、純白のスーツを着た金髪の男が目に入った。野尻が立っていた。

「店終わってから寝ないで来たよ」髪をかき上げ、欠伸をしている。

「なんでここ分かったんだよ」根尾の声が震えた。

「きのう電話で言ってただろ。朝七時に多摩川の河川敷を散歩しているから、来たら会ってやるって。東横線の線路近くだって自分で指定して待ち合わせみたいになってたよ」

「覚えてない。飲みすぎた」左手で頭をさすった。

「いつも飲むとつぶれるまで止まらなかったもんな」

「悪いけど気持ちは変わってねえから。コンビは組まない。これ以上脅迫するなら、本当に誰かに相談するしかなくなるぞ」

　警察に相談するとはっきり言えないのがもどかしい。警察沙汰になれば、田代や事務所に迷惑をかける。

「アイドルの子と会ったんだよ。いまでも『桜姫』って芸名だぞ。秋葉原とかで活動しているから」

「だからやめろって！」

自分の大声が二日酔いの頭に響いた。ブルが吠えながら野尻に飛びかかりそうになったので、慌ててリードを引いて距離を取った。

「俺なんてテレビ出ても売れてないだろ？　そんなの週刊誌も食いつかねえって。アイドルの子がかわいそうだって。なんで分かんねえんだよ」と努めて冷静に説得した。

体格がひと回り大きい野尻を相手にケンカする気もない。コンビの頃から取っ組み合いのケンカは一度もしたことがなかった。

「借金で大変かもしれないけど、ホストで成功すれば儲かるんじゃないの？　おまえはルックスもいいし、ずっと四番だったし筋肉凄いじゃん、マッチョでイケメンなんだから、芸人より稼げるだろ？　芸人やってたんだからトークも上手いしさ。俺から金を脅し取っても、たぶん今度はおまえが逮捕されないかビクビクしながら生きることになるんだぜ？　もうやめない？　こんなこと」徐々に酔いが醒め、言葉の随所に遼の口調が出始めた。

黙って下を向いていた野尻が口を開いた。

「ていうか、なんで犬の散歩してんの？　犬飼ってたっけ？　この辺に引っ越したの？」

酒焼けした声だった。

「いろいろあるんだよ。もう来ないで。頼む！」田代がいるときに鉢合わせしたら、ややこしくなる。想像するだけで憂鬱だ。場所がバレたのが悔やまれるが、田代との練習場所を変えるわけにもいかない。

「じゃあ、いくら欲しいんだよ?」根尾は少し声を荒げた。

野尻は驚いた目で根尾の目を見た。野尻は悪いやつじゃない。本当に金を強請《ゆす》ろうとは考えていないと、根尾は信じていた。

「一〇〇万か?」と根尾。

「え? 金ないって言ってたじゃねえかよ。一〇〇万も払えないだろ。そんな払わなくていいよ、無理すんなよ」

「別にいいよ、払うけどさ、おまえ捕まるからな。メッセージも残ってるし」

「俺、ネタ考えてきた」

「は?」根尾は拍子抜けした。

「漫才のネタだよ……」とブランド物のバッグからクリアファイルを取り出した。

「いいって! 組まないから。もう戻れねえんだよ! タイムトラベラーじゃねえんだから、コンビ時代には戻れねえよ! じゃあな。一〇〇万円払えばいいんだな?」

根尾が脇を通り過ぎようとすると、野尻は慌てて摑みかかる仕草を見せたが、ブルが反応したため、後ずさりした。

河川敷にはビールやチューハイの空き缶が転がっている。根尾は正直、缶を拾い歩くほどの優等生にはなれないが、ポイ捨てする酒飲みが大嫌いだった。イライラした。「また酒で失敗した。同じことの繰り返しだ。そもそも酔ってハメを外した動画が原因だ。記憶が飛ぶまで飲んで、居場所もバラしてしまった。俺は何をやってんだ」と自分を責める。こんな脅迫をしてくる男に、田代さんからもらった一〇〇万円を払うって、俺は何を言っているんだ。

背後で野尻が叫んでいる。

「ホストとタイムトラベラー達が漫才するネタなんだよー」

根尾は足を止め「ちょっと面白そうじゃねえか」と呟いて踵を返した。

クリアファイルから出てきた紙は、ペラペラと風に揺れて読みづらかった。ワープロソフトでネタが書かれている。緑のペンキが剝げかけた木製ベンチに〝ベタンセス〟が腰掛けた。普段は野球の一塁側チームが陣取る場所に、坊主と金髪と金の犬がいる。

根尾　どうもベタンセスです。
野尻　最近、子供の頃の遊びが懐かしいなって思うんだよね。
根尾　あー懐かしいね。
野尻　今日は子供の頃の遊びやって、負けたらドンペリ一気ね。
根尾　ホストじゃねえんだよ。俺はタイムトラベラー達だ。子供の頃に戻って遊んでくる。

根尾は読むのを中断した。

「ちょっと待て。いろいろ言いたいことあるんだけどさ。まず最初に、どうもベタンセスですって言う俺は、その時点で遼の格好なんだよな？　だったら最初にタイムトラベラー遼だって言わないとダメだろ。見てて気になるだろ。おまえもホストやってたとかって言った方がいいだろ、キャラ分かんないから。そもそも、子供の頃の遊びってみんな死ぬほどやってるネタだからな。ネタもダメだけど、本当にああいう動画を使って脅迫するのは最低だからな。それだけは言っとくからな」

再び台本に目を落とす。

野尻　じゃあ俺がホストになって子供の遊びやってみよう。
根尾　何の遊び？

「いや待て待て。『子供の頃に戻って遊んでくる』っていうのボケなのか何なのか分かんねえけど、完全にスルーしてるよな。で、遼になっても普通のツッコミなの？　それキャラ邪魔じゃねえ？　『ホストになって子供の遊びやる』っていうのも分かりにくいしさ。まあ一応読むけどさ」

野尻　一〇回クイズやろう。

根尾　いいぜ。勝たせてもらうぜ。
野尻　みりんって一〇回言って。
根尾　みりん、みりん、みりん……（一〇回言う）
野尻　首の長い動物は？
根尾　きりん。そのままだぜ。

「ベタすぎるな。あと俺が急に『だぜ』って遼の口調になってるけど、アニメの設定は生かさずに突っ込むのかよ。どうせやるなら、遼の要素を入れた方がいいだろ。コスプレと口調だけって飼い殺しだろ。おまえのホストキャラも出てないしさ」
「次のネタにホストのボケが出てくるから」
「そうなんだ？　じゃあ、まあ一応読むけどさ」

野尻　あと子供の頃、なぞなぞをよくやったな。「パンはパンでも食べられないパンは？」
根尾　フライパンだろ。
野尻　ブー。正解はシャンパン。
根尾　ホストじゃねえか。

「微妙だよ。フライパンは食べ物じゃないけど、シャンパンは飲み物だから食べられないっていうのが微妙で気になるわ。いきなり『ホストじゃねえか』ってツッコミもよく分かんねえよ」

「しりとりもあるからさ」

「基本的に全部ベタなんだよな。まあ、読みたいから読むけどさ。あ、脅迫は本当に捕まるからな。それだけは言っとくから」

野尻　しりとりしよう。
根尾　いいぜ。じゃあ、しりとりの「り」。りんご。
野尻　五輪。
根尾　弱えな。りんごから五輪行くやついねえよ。
野尻　じゃあ、一人しりとりでどこまで行けるか、やらせてよ。
根尾　一人しりとりって俺、何すりゃいいんだよ。まあやってみろよ。
野尻　じゃあ「ホスト」「トラ」「ライオン」。
根尾　弱えな。
野尻　トラとライオンは強いだろ。
根尾　そういうことじゃなくて。おまえがしりとり弱えんだよ。

「なんか面白くねえよ。ホストっぽいワードで一人しりとりを始めるって言って、例えば、ドンペリ、りんご、五輪って被せる方がいいんじゃねえ？　しりとりのベタなボケだけじゃ弱いからさ、ホストの縛りを入れてキャラを乗せていった方がいいと思うけどな」タイムトラベラー達が、完全にベタンセスのツッコミに戻って喋っている。

「ドンペリか。あーピンドンは？」野尻が言った。

「それ何？」

「高級なやつ。ピンクのドンペリだよ」

「ピンドンって『ン』がついてんじゃねえかよ。あ、そういうの入れてみれば？　しりとりだけでネタにした方がいいんじゃねえ？　ホストみたいにチャラいワードだけでしりとりするとかさ」

「じゃあ、つくり直してくるわ」

「いい！　いい！　もうネタつくんなくていい」ブルが退屈そうにしている。いつの間にか早朝ネタ合わせに突入していた。タイムトラベラー達以外のお笑いのネタに飢えている自分がいた。

「とにかく、おまえがやっていることは最低だからな。リベンジポルノと変わらない。動画は絶対に消してくれ。頼むから。ネタも昔と変わってないというか、そのネタなら俺が普通のツッコミの方がいいだろ、遼の物真似しないでさ」

「じゃあ、そういうネタ書いてくるわ」野尻の両目は充血していた。

「いいよ書かなくて。絶対組まないから」

「組まないと動画出すからな」相方は真顔だ。

「それが脅迫だって言ってんだよ！」

「じゃあ組まないと、またネタ持ってくるからな」

「それもやめろよ。おまえのネタ見るのが罰ゲームみたいになってんじゃねえかよ」ブルのリードを引いて土手の方へ向かった。

野尻は無言だった。少し歩いてから振り返ると、金髪が風に吹かれてボサボサになりながら、クリアファイルをバッグにしまっていた。白いスーツとのコントラストで妙に哀愁が漂っていた。

原点

大学一年の春。根尾は初めて人前で遼の物真似を披露した。名門大学の野球部寮で毎年四月に行われる「新入生歓迎会」と称した一年生の一発芸大会。入寮し立ての一八歳は、ネタがなくて困り果てていた。お笑いは大好きで漫才のネタを考えたりもしていたが、人前で披露できる一発芸なんてあるはずがない。内輪ネタの教師の物真似しか思いつかなかった。丸腰だった。

歓迎会前日、寮で同部屋のチームメートに「おまえタイムトラベラー遼みたいな声だな」と言われた。ほかに何も浮かばないので、とりあえず遼の物真似で切り抜けようと決めた。妥協の産物だった。

朝から憂鬱で仕方なかった当日。

「タイムトラベラー遼の物真似します。……過去は変えられる！」

「おー似てる！」

まさかの拍手と笑いが起こった。その後もアニメを思い出しながらアドリブで真似したセリフが、全部ドカンドカンとウケる。生まれて初めて味わう快感。そのときの快感が脳内麻薬となり、芸人を辞められなくなったのかもしれない。何度も辞めようと思ったが、どうしても抜けられない。

物真似の反響は大きく、飲み会のたびにリクエストされた。翌年の一発芸大会も、なぜか二年で唯一エントリーさせられ、堂々のトリを務めた。現在も使用する衣装の緑スーツは、そのとき買ったもの。頻繁にクリーニングに出して大事に保管し、着続けている。

遼の物真似ひとつで宴会芸では部内敵なし。野球部史上最強の呼び声高いキャラを確立した。チーム内の存在感が増したことが野球の自信にもつながり、プレーに一番重要な「積極性」が生まれ、二年秋には遊撃のレギュラーを奪った。

しかし、三年時の新入生歓迎会で思わぬ事件が起きた。

新一年が次々と名刺代わりの一芸を繰り出し、ウケないことが面白くなっちゃう「スベり笑い」の時間が続いた。根尾は当然トリを任された。出番が近づく。今回はアニメの主題歌を流し、派手に登場しようと企んでいた。

トリ前に登場したのが、小泉という大男。端正な顔はいつも無表情だった。高校時代は無名校で甲子園出場経験もないため、マスコミに注目されることもなかったが、一部のプロ球団スカウトが目を着けたスラッガー。野球では一目置かれていたものの、普段は物静かで一発ギャグをかます度胸があるようには見えなかった。トリの一つ前という順番も、たまたま一年生で最後の出番になっただけだった。クールな長距離砲がどんな芸を見せるか、みんな固唾をのんで見守った。

小泉はフラッと出てきて「僕は回文をつくるのが得意です。『竹やぶ焼けた』みたいな上から読んでも下から読んでも同じ文です」と淡々と説明した。

「誰か名前でも何でもいいので言ってもらえれば、即興で回文つくります。たぶんつくれると思います」

異色の芸に上級生がざわつく。四年の中井主将が空気を読んで手を挙げ、先陣を切った。

「じゃあ、例えば『中井』っていう名前でも回文できんの?」

「中井さんて天才かな」

小泉が即答。一瞬、何が起きたのか分からず、誰もリアクションしなかった。野球部寮の空調の音が聞こえるほど静まり返った。

「あの……『中井さんて天才かな』っていうのが回文になってるんですけど……」小泉は申し訳なさそうに言った。

「マジで?」と誰かが囁いた。「ちょっと誰か書いてみろよ! 平仮名で、全部平仮名で」一年生がホワイトボードに文字を書く。文字列を見た中井主将は「本当だ! つくるの早くねえ? なんで一瞬でできんの?」と興奮気味にキョロキョロ周りを見ている。みんな首をかしげ、訳も分からず笑っていた。異様な雰囲気だ。

「じゃあ俺もつくって！　加藤で！」

「えーっと……加藤さんは守備が安定していて安心して見られるということで『加藤安心。アウトか』っていうのは、どうですか？」

ホワイトボードに回文が出現する。全員が逆から読んでも同じだと確認してから「おー」と、地鳴りのような声を上げる。リアクションに時間差があるのも新鮮だった。

「何でもできるの？　地名とか」加藤が再び手を挙げた。

「はい。できます。できると思います」

「じゃあ、俺の地元『千葉』で」

「え？　地元……木場……ですか？」小泉は遠くに座る加藤の言葉を聞き間違えた。

「木場じゃねえよ！　千葉だよ、千葉！」加藤が訂正し、笑いが起こる。〝客席〟が確実に温まってきている。

「すいません、聞こえなくて」小泉が耳に手を当てながらペコペコ頭を下げ「じゃあ『住まいが千葉。木場？　違います』」と瞬時に返した。

「……え？　今の……マジで回文なの？　早く書け！」「うわー本当だ！」と絶賛と動揺が止まらない。こいつは何者だ。

続いて、巨漢でパワーはあるものの鈍足な三年生・小磯が立ち上がった。

「じゃあ俺も。名前は小磯で、地元はスカイツリーのある東京都墨田区押上！」と一気にまくし立てた。周囲から「長えよ！」と総ツッコミを浴びる。その間、小泉は下を向いて目をつぶっていた。

「はい」と前を向き「できました。『小磯、押上、足遅い子』」

「誰が足遅い子だよ！」小磯が叫び、今日一番の爆笑が起こった。

「じゃあ内野とか外野とかポジションでいってみよう」先輩の無茶な要求が続いたが、小泉は動揺した様子すら見せなかった。

「『内野は捕ると早いな』とかどうですか？　捕ってから投げるのが早いっていう意味で」

さらに、上手側の隅に座っている三年生の美人マネジャー志穂と目が合った小泉は「『捕手・志穂』も回文ですよ」。志穂は部員の視線を浴びて赤面し「すごーい。小さい『ゅ』が入ってもできるんだー」と右手で口を押さえて目を丸くした。

回文というルールの中で、名前、地名、人物の特徴を詰め込む漫談。しかも即興。謎の芸にチーム全員が魅了されて一体となり、お題が飛び交った。小泉は打撃マシンの球を広角に打ち返すように、次々と芯で捉えた会心の回文をつくり続けた。

「ありがとうございました」と頭を下げると、自然とスタンディングオベーションが起こった。一発芸大会史上初のスタンディングオベーションだ。

そんな中、ただ一人、気が気じゃなかったのは、袖でスタンバイする根尾だった。自分の前で異常に盛り上がり、みんなお腹いっぱいの様子。初めての緊張感を感じていた。両膝が震えている。小泉の後にステージに出たくない！

結局、根尾の物真似は健闘むなしく微妙なウケ方だった。音楽まで仕込んだ自分が恥ずかしかった。タイムトラベラーなら一時間前に戻って、出番順を変えたい。小泉にあんな特技があると知っていたら、彼にトリを任せていた。

「俺は一時間前に戻って、小泉の回文と順番を変えてもらうぜ」遼に扮してキザにお手上げポーズをして悪あがきしたものの、不発に終わった。

マネジャーの志穂が笑いを堪えているのが見えた。なぜか笑ってはいけない空気になっている。

根尾は一発芸大会で天国と地獄を味わい、本気で小泉のことが憎くなった。

いまだにピンで舞台に立つ前に膝が震えるのは、このときのトラウマがあるからだ。

小泉は野球でも、左打ちの打撃フォームで異彩を放っていた。右足を高く上げて長時間バランスを取る「一本足打法」だった。

「ピッチャーが足を上げたら自分も足を上げて、ピッチャーが下ろしたら下ろすだけです。ピッチャーは必ず足を上げて下ろしてから投げるので、どんなピッチャーでもタイミングが合うんです」と語っていた。

野球を始めた小学生の頃からタイミングの取り方は変わっていないと話した。打撃練習では柵越えを連発。高校までの金属バットから木製に変わっても、ものともせずに十分な飛距離を生み出す天性のホームランバッターだった。

投手の足の動きとシンクロするための練習として、小泉は常に前を歩く人と足の動きを合わせていた。数人で一緒に街を歩いているとき、ゆっくり前を歩く老婆の足にタイミングを合わせて歩き、一人だけ集団から遅れたこともある。街中で看板を見てリクエストされれば、即興で回文を完成させることもできた。小泉の存在感は日に日に増していった。


「その小泉っていう子は野球で活躍したの？」田代が聞いた。夕飯の時間に「根尾が初めて遼の物真似をしたのはいつか」という話題になり、根尾が小泉のことを話していたのだ。

マネジャーの市川も一緒に食卓を囲んでいた。自宅兼事務所で仕事をした後に田代と一緒に食事してから帰ることも珍しくなかった。三人は田代の特製ハヤシライスに舌鼓を打ちながら、楽しく話していた。

「いや、小泉は、ケガして確か一年の途中で辞めちゃいました」根尾は少しバツが悪そうに言い、スプーンで多めにすくったハヤシライスを口に運んだ。

「その子のポジションは？」と田代。

「ショートです。僕と同じでした」ライスが口に詰まったまま根尾が応えた。

「じゃあ、そのまま続けてたら、根尾君のライバルになっていたかもしれないんだ？」と田代が確認するように言った。

「そうですね。バッティングは本当に良かったたし、守備もそこそこ上手かったですからね。一八〇センチ以上あったけど足も速かったですしね」と根尾が話すと、市川が「才能あるのに、もったいないね。天才かもしれないのにね。根尾君にとってはライバルが減って良かったかもしれないけどね」と微笑んだ。ピンクの口紅にハヤシライスのルーが付着しないように両唇を開いて歯をむき出しにしてかじりつく食べ方が、なぜか根尾を興奮させた。「あ、そうだ」根尾は邪念を振り払うように言うと、ポケットからケータイを取り出してメールを確認した。

「この間、吉田さんからメールがあって、来月トーク番組のオーディションが入ったんです。芸人が絶対にウケるエピソードを話す『笑わせる話』っていう番組なんですけど」

「知ってる！　あの深夜にやってるめっちゃ面白いやつでしょ？　見たことある。人気番組じゃん。凄いじゃん」と市川が食いついた。

「そうです。『笑わせる話』ってタイトルで、これでもかってくらいハードル上げてますからね。スベることが許されない番組ですよね。錚々たる芸人さんが出てますけど、今回は若手枠のオーディションがあって五分以内の鉄板トークを二本用意する、という感じみたいですね」根尾はメールを読みながら説明した。「今回は物真似じゃなくて普通にトークしようと思って。そこで小泉の話をしようかなと考えてたんですけど」

「その回文の話？」田代が冷めた表情で聞く。その不機嫌な様子を見て根尾は焦る。なぜか田代の機嫌が悪い。もっと楽しませなければいけない。

「回文とか、あとほかにも、そいつ本当に変わってて、寮で常に右手にバットを持って生活してたんですよ」と語り始めた。笑いに厳しい田代による第一次審査の様相を呈している。大学時代を回想し整理しながらエピソードを紡いだ。

野球部寮で小泉がバットを持って歩いていると、先輩から「なんでバット持ってんの？」と聞かれた。「体が泳いでも右手で拾えるようにバットコントロールを鍛えているんです」と話し、平然と去っていった。

彼は一本足の体勢で投球を待つため、テークバックでバットのグリップが一番高い位置「トップ」の状態をつくるのが早かった。いわゆる「始動が早い」打ち方で、速球に振り遅れないという利点がある一方、遅い球が来ると体が前に出されて「泳ぐ」打撃になることが多い。泳ぎながらも右手一本でバットを操ってヒットを打てるように、常に右手でバットを使う感覚を磨いていた。速球は強振して本塁打をぶち込み、変化球で泳いでもなんとか当ててヒットにする。それができれば無敵の十割打者だ。

高校時代、帰宅すると入浴中と寝るとき以外は右手に木製バットを持って生活していたという。食事のときも右手にバット、利き腕ではない左手に箸を持って食べた。食べ終わると、右手のバットでイスを押してテーブルの下にしまった。引き出しを閉めるときも同じ。部屋の電気のスイッチさえも、バットで押した。最初は微妙な力加減を摑めず、普通にスイッチをバットで叩き割ってしまった。非行少年の家庭内暴力さながらだった。

朝起きればベッドの下に置いたバットを握り、目覚まし時計上部のスイッチをバットの先端で器用に押す。少しでもヘッドの動きが大きくなると破壊してしまう。目覚ましの音を止めるという目的は果たせるが、時計が何個あっても足りない。それでも、慣れると寝ぼけ眼で時計を見ずにスイッチを押す〝ノールックバット〟もできるようになった。

根尾は、彼の大学時代も思い出しながら話した。

「大学の頃は、もう達人みたいに感覚が研ぎ澄まされちゃったみたいです。急に右手でバットを動かしたと思ったら『蚊が飛んでたので流し打ちしました』って言って、颯爽と去っていく。そこに本当に蚊が一匹死んでたんです。刀を持った侍ですよ。目覚まし時計もボタンを押すんじゃなくて裏側に付いているオンとオフを上下させるスイッチをバットで動かしていたんですよ。あれ相当小さいですよ、この凄さ、伝わりますかね？」

「分かるよ。カチャって切り替える小さいスイッチだろ？」田代が動きを交えて言った。

「そうです、そうです。電卓もバットで押すんですよ！　あと凄いのがパソコンのブラインドタッチも左手だけで、エンターとかKとかMとか？　右手の守備範囲は全部バットでカチャカチャ叩くんですよ。だから相当グリップを後ろに引いた状態になるんですけどね。それが普通の人のブラインドタッチくらいのスピードで文章を打っちゃうんですから！」

「嘘だ！　それは盛ってるっしょ！　さすが芸人さん！」市川が根尾を指さして笑った。

根尾は田代を喜ばせようとエピソードを針小棒大に話していた。

「バットでブラインドタッチできたら、おまえその芸で食っていけるんじゃねえかって。凄くないですか？　多少は盛ってるとしても、この話うまくまとめて話せば、ウケるかなーと思うんですけど。目覚まし時計とパソコン」と言い、横目で田代の様子を窺った。

田代はチューハイを飲み、氷をカラカラと回して真顔で言った。

「いいと思うよ。どうせならもっと大げさにすれば？　それだけで十分、嘘みたいな本当の話なんだからさ。それこそ、もうちょっとだけ盛ってみるとか。なあ？」市川に同意を求めると「うんうん」と市川はスプーンを持って頷いた。

根尾は眉根を寄せ、考え込んだ。スプーンと皿が当たる音が止み、外のかすかな雨音とテレビの音だけが沈黙を埋めている。

田代は両肘を突いて前傾になり、「例えば……」と不敵な笑みを浮かべた。

「例えばね、高校時代に自分の部屋に彼女、まあ、リアルに野球部マネジャーとかにしようか、その彼女が来て、初めてそういうことをする雰囲気になったとき、全裸になってもバットを持っていた。それでベッド脇のスタンドの電気をバットで消そうとしたら、緊張と興奮で思いきり叩き壊しちゃった。それで彼女がドン引きしたけど、そこで彼が一言。『ごめん。大丈夫。本物のバットは挿入しないから』」

聞き手の二人は爆笑した。

「ひどい話ですね、いい意味で」根尾は笑いながら市川を見た。やや呆れ顔で頬を赤らめていたが、彼女もちゃんと笑っていた。下ネタに女性が引かないか確認したかった気持ちもあるが、正直、下ネタに照れる彼女の顔が見たかったので、少し得した気分だった。

そのとき、田代が「やっぱり芸人としてはまだまだだな。トークもそうだし、発想というか、感性の部分でね。ただし、声優の才能は凄いと思うよ」と冷たく言い放った。

根尾は目が覚めたように背筋を正した。表情を引き締め、チューハイで渇いた喉を濡らす。何度も聞いた「芸人の」ダメ出しと「声優の」称賛。

「芸人も昔より増えているんでしょ。これから売れるのは至難の業だと思うよ。どこかで見切りつけるのも大事なことだから」田代の話は続く。

ざらついた沈黙が続いた。険悪な空気を恐れた市川が、話題を変えようと口火を切った。

中立の立場で、かつ酒が入っていない人間という意味で、頼もしい存在だった。

「根尾君はまだまだ芸歴短いし、これから可能性があるんじゃないんですか?」と言い、チラチラ隣の田代を見た。「ほかに面白い話あったら聞きたーい」と対面の根尾を見る。

根尾は心の整理がつかないまま、彼女の気遣いに応えるべく何か話そうと記憶を辿った。

世間の常識というフィルターを通すと、大学時代の出来事が奇妙に思えてくる。

「あ、野球部のとき寮で土佐犬を飼っていたんですよ」

「土佐犬!? なんで?」市川が大げさなリアクションで興味を示してくれている。

「何十年も続く野球部の伝統なんです。死んじゃったら、また新しい土佐犬を飼うんですよ。なんか土佐犬の闘争心？　相手に向かっていく攻めの姿勢？　を学んで野球に生かすとか言われてたんですけど、何年かに一回、食べ物を持って近づいたやつとかが嚙まれて大ケガするんです。マジで危険なんです。だから、みんなエサやるときとか散歩するときも凄く慎重になっちゃって、万が一の事故がないように近づかなくなるんです。だから、攻めの姿勢どころか、どんどん弱腰に、守りに入っちゃうんですよ！」

ウケなかった。ダラダラと尺を使ってしまった。またしても田代に救われる。

「土佐犬を飼ったのが間違いだな。この人が飼っちゃダメだろっていうのあるよな？　由梨も飼う犬を間違ったんだぜ。実家で何の犬を飼ってるんだっけ？」

「シベリアンハスキーです」

「おかしいだろ、おまえ。ははは。こんな萌え系の可愛い声で声優やろうとしてたのに、なんで実家で『ハスキー』っていう犬を飼っちゃうんだよ。ハスキーボイスの真逆じゃん！　ちなみに芸人が飼うのにも向いてないと思うぜ」

「シベリアンハスキーがですか？」と根尾も輪に加わった。

「シベリアって寒いじゃん？　芸人が寒いってウケないことでしょ？」

「確かに。じゃあ秋田犬もダメですね」根尾が言った。

「秋田も寒いしな。秋田っていうのも『そのギャグ飽きた』とか言うしな」

「じゃあ柴犬なら問題ないんじゃないっすか？　豆芝とか飼いたいな」

「柴犬かー。野球やってたなら分かると思うけど、濡れた芝って滑るじゃん？　特に人工芝。滑るって一番ダメなんじゃない？」

「いやいや、それ無理やり悪い方につなげてないですか？」根尾は爆笑した。

「そんなことないよ」田代が「ボケ顔」になった。

「じゃあ、マルチーズはどうですか？　僕ら芸人でも飼っていいんじゃないですか？」

「マル……うーん、チーズ、チーズは乳製品だから……」

「ほら、ダメな理由を探してるじゃないですか？」

「いやいや、チーズって発酵してるじゃん？　なんか新鮮な笑いを生み出さなきゃいけないのに、発酵ってどうなの？」

「じゃあ何を飼えばいいんですか？」

「ゴールデンの番組に出たいなら、ゴールデンレトリバーでしょ。だから朝の散歩をお願いしてるんだよ。ゴールデンに出られるように」

「あーなるほど！　ゴールデンレトリバー飼ってますもんね。で、名前何でしたっけ？」

「ブルーハワイ」

「違う色にしちゃったよ。いいかげんにしろ。どうもありがとうございましたー」

漫才のオチのようにして根尾が頭を下げた。

市川が「何それウケる」と手を叩いて笑い「だって、ブルーハワイじゃなくてブルでしょ？　なんでいま、ブルーハワイって言ったんですか？」普通に田代に聞いている。根尾も「え？　ブルーハワイを略してブルって呼んでるんですよね？」と田代を問い詰める。

「違うよ。元々『ブル』だよ」田代はニヤニヤしていた。

「なんでそんな嘘ついたんですか？　いや、僕はブルーハワイって聞いたんですよ」根尾は犬のような涙目で市川に訴えかけた。田代は「ゴールデンレトリバーなのにブルーハワイって色を名前にしちゃってるところを突っ込むか、笑いのセンスを試しただけだよ。でも『シロ』とか『クロ』だとなんか簡単だなと。ゴールデンも英語だし、ブルだからブルーにしようと思ってさ。突っ込んでくれなかったけどな」と再びニヤリ。根尾は田代がそこまで計算していたとは思わなかった。「センス」について語られると、やはり悔しい。

「何のことかよく分かんなーい」と市川はスプーンを舐めた。

「林っていう名前のやつが、嫌いな食べ物ハヤシライスだったら嫌ですよね」根尾は食べ終わった白い皿を見て、無理やり己の「センス」を捻り出した。ハミガキ粉のチューブを下から巻いて捻り出す〝ローラー作戦〟のように。

田代は「由梨は名前に梨が入ってるけど、梨は好きなの？」と聞いた。

「好きですよ」

「でも子供の頃に好きな食べ物『なし』って平仮名で書くと、好きな食べ物ないのかと思われるよな？」

「そんなこともあった気がします」

「嫌いな食べ物が梨っていうやつの方がリスク高いよな。『なし』って書いちゃうと、何でも食えると思って梨を出される可能性があるからな」田代が市川を笑わせた。

悔しかったが、宴は楽しかった。

「由梨が出した歌、知ってる？」田代が根尾に聞いた。

「言わないでください！」すかさず市川が両手を前で振り赤面した。その仕草が可愛かったので、根尾は市川がもっと照れることを言いたいと思った。

「デビュー曲。というか、最初で最後のシングルのタイトル何だと思う？」田代の好きなクイズのような大喜利のような時間が始まった。市川に関する問題なので、いつもより根尾のモチベーションは高まった。

「もーやめましょうよー」市川が言った。

「えー声優アイドルっぽい曲ですよね？」経験上、あまり時間を空けると白けてしまうのが分かっていた根尾は、とりあえず何か答えようと「ストロベリーラブ」と口にした。少し間があってから、二人がクスッと笑った。

「これノーヒントで当たったら奇跡ですよ」根尾も自分の答えが恥ずかしくなったが、田代は「いいから当ててみなよ」とヒントをくれない。彼女の顔からアイドル時代を想像して浮かんだ曲名を矢継ぎ早に俎上に載せるしかない。

「片思い」「花言葉は片思い」「花言葉はチューリップ……それ花そのものだな」「私の王子様」「恋の衣替え」「ラブミーチョコレート」「ギブミーチョコレート」「溶けたチョコレート」だんだん面白くなってきた。「ストロベリーラブ……は言ったな」「ラズベリーラブ」「ストロベリージャム」「ストロベリーガム」「ブルーベリーガム」徐々にハイになり、三人とも爆笑した。正解が出るわけないが、何を言っても面白い土壌ができていた。

突然、市川が「あ、これですよね?」とテレビ画面を指さして話題を変えた。

BSで渡り鳥のドキュメンタリー番組が流れていた。「このナレーション田代さんですよ」と仕事モード。「そうなんですか?」と根尾も耳を傾ける。確かに田代の声だったが、違のときとはまるで印象が違った。

「渡り鳥の本も読んでましたよね?」と市川。

「あーこれね」田代は台本が雑多に積まれた机から文庫本を取り出した。カバーも剥がされた茶色い本には「渡り鳥の不思議な生態」とある。

「なかなか面白かったよ」とパラパラとページをめくった。

「え?　この番組のためにわざわざ読んだんですか?」と根尾が聞く。

「そりゃそうだよ。ナレーションだって頭に入れておかないとできないから」田代は平然と言った。「学校の先生が授業をやりながら、実は何も分かってなくて教科書を読んでるだけだったら嫌だろ？　それと同じだよ」

「まあ、そうですけど……」

根尾は驚き、言葉を失っていた。あらためて耳を傾けると、渡り鳥の映像に乗せたナレーションは説得力を帯びて自分に迫ってきていた。またひとつ声優の仕事の深淵を垣間見たような気がして、身が引き締まる思いだった。

自分にそこまでの覚悟はなく、やはり田代はそういう物真似芸人が気に入らないのだろうか。それで「許せない」と言っているのだろうか。それなら今からでも心を入れ替え、必死に取り組めばいいのだろうか。そうすれば認めてもらえるのだろうか。根尾は悩んでいた。

「デビュー曲『渡り鳥』だっけ？」田代はサッカーのサイドチェンジばりに、鮮やかに話題を戻した。

「違います！　完全に演歌じゃないですか。もうやめましょうよ」と市川は両手で顔を隠す。根尾が「ワタリドリーラブですか？」と割って入ると、田代が「ストロベリーラブみたいに言うなよ。その言い回しどんだけ気に入ってんだよ」と笑った。

宴は本当に楽しかった。

数日後、再び朝の散歩に野尻が現れた。足元がおぼつかないほど酔っている。

「もう来るなよ、ブルも怒るぞ」と言ったものの、ブルはおとなしかった。人見知りしない犬だ。

「おう、ごめんね。ネタ書いてきたんだよ。読むだけ読んでくれ」野尻は聞く耳を持たず、芝に投げ出すように置いたバッグからファイルを取りだした。

「体調悪いだろ？　大丈夫かよ」

「ちょっと眠いだけだよ。はい、書き直したネタ。キャラは遼じゃなくて普通のツッコミにしたから」

「まあ一応読むけどさ。体調やばいんじゃないの？」と受け取った。少し楽しみだった。今回は手書きで書かれていた。ネタの入りは悪くないぞ。

根尾　どうもベタンセスです。
野尻　僕ホストをやってたことがありまして、お客さんと、しりとりして負けたことないんですよ。
根尾　ホストクラブでしりとりって地味だね。
野尻　じゃあ、しりとりやってみよう。俺は全部ホストっぽい言葉で返すから。
根尾　そんなのできるの？　じゃあ、りんご。
野尻　ゴージャス。

根尾　あーそういうことね。寿司。
野尻　シャンパン。
根尾　弱えな。
野尻　じゃあ「し」は、新宿。
根尾　確かに新宿にホストクラブ多いね。じゃあ、くし。
野尻　新宿歌舞伎町。
根尾　同じじゃねえか。まあいいや、牛。
野尻　ジェントルマン。
根尾　弱えな。
野尻　あ、ジェントルメン。
根尾　一緒だよ。複数形でも負けだよ。

「ここは『紳士でいいだろ』ってツッコミでいいだろ。それなら『ん』がつく負け方でもいいと思うよ。紳士でいいのに、わざわざ濁点つけて紳士を英語に訳してまで負けてるっていうのがあるんだから」

「それ気付かなかったよ。ていうか、ジェントルマンが紳士って知らないし」

「意味知らないのに、なんでホストっぽいって思ったんだよ。あとさ、俺が『寿司』『くし』『牛』って全部『し』で返してるよな？　新宿とかのボケを出すためにやってんのは分かるんだけどさ、見てる人が気になっちゃうんじゃねえかな？　なんか『全部しで返してんじゃねえか！』っていうボケなのかなって思わないかな？　ツッコミがボケてるからダブルボケみたいな感じになっちゃうんだけどさ。それならそれでダブルボケの漫才をつくらないと、詰め込みすぎで消化不良になっちゃうからさ。だって、フラットな状態でしりとりやって『くし』って出てくるか？　まあ、いいか。とりあえず続き読むわ。ここから飽きてくるから、どうネタを展開するかだよな。で、あの桜姫の動画は消せよ、いいかげん」

野尻　じゃあ「し」は、深夜の歌舞伎町。

根尾　それありかよ。じゃあ、馬。

野尻　真夜中の歌舞伎町。

根尾　歌舞伎町禁止な。

野尻　じゃあ「ま」は、まずは乾杯。

根尾　そうだろうけど。居酒屋でもそうだろ。じゃあ「い」ね。石。

野尻　白いスーツ。

根尾　おまえだけだろ。

「いいと思うけど、そろそろ飽きるね。ここへきて俺も『馬』って『し』じゃないやつで返しちゃってるもんな。それで次がまた『石』だしさ。中途半端というか。どう思う?」

「牛と来たら馬かなと思って」

「まあ、そうなんだけどね。その前に牛って言ってるからね。そういうことじゃねえんだよな。一個前の牛を馬にして『真夜中の歌舞伎町』でもいいかもな。ジェントルマンのボケを削ってさ。あ、いや、でもどうかな? ジェントルマンの方がいいかな? 四分以上の尺があれば、ジェントルマンのボケを練り直して入れてもいいと思うけど、二分とか三分だと伝わらないと思うな……。あと、白いスーツで『おまえだけだろ』っていうのも微妙だよな。おまえだけじゃねえじゃん、白いスーツのホストって」

「うちの店では俺だけだよ」

「いや、そうかもしれないけどさ、一般的には白いスーツってホストに結構いそうじゃゃん」

「いいねえだろ。ホストに関しては俺の方が詳しいからな!」

野尻がムッとしている。

「分かってるよ」根尾も言い返す。「お客さんはホストに詳しい人ばかりじゃないからさ、一般的なイメージで言ってるんだよ」

野尻は不満げだった。自分の書いたネタにダメ出しをされたときの気持ちは、根尾にも分かる。うまく怒りを鎮めながら、説得しなければいけない。

「発想はいいと思うよ。『おまえだけだろ』っていうのは面白いと思うけどね」と根尾。

機嫌を直した野尻の声のトーンが上がる。

「じゃあ、あれだな。『緑のスーツ』ならホストにいないからさ、『緑のスーツ』って言って、『それは俺だろ』ってツッコミを入れた方がいいな」

「いやいや、そこでタイムトラベラー遼の緑のスーツをいじるの？　それはキャラがうるさいと思うけど……ていうか、俺は遼のキャラじゃなくて、普通のツッコミって言ってたじゃねえかよ」

「あ、そうか」野尻は髪をかきむしる。

「例えば、『モヒカン』とかなら『おまえだけだろ』でいいと思うんだよ。普通にウケると思うよ。だから、ホストのイメージとかけ離れた特徴なら成立するというかさ」

「モヒカンって『ん』がついてんじゃん」

「そこはいいだろ、別に。ひとつの例だから。うーん、どうすればいいかな……」根尾は疲れていた。ネタ合わせの疲労感に懐かしさを覚えていた。「なんかホストっぽいシャンパンタワーとかコールとか入れるっていうのは？　喋りだけだと地味だからさ、コールとか入れれば、急にテンション変わってメリハリが出ると思うんだよな、ほら、ドンペリコールをしりとりに入れるとかさ。いま働いてるホストクラブでも恒例のコールってあるんだろ？」

「うん、一応あるけど」

「じゃあ、例えば『まずは乾杯』の『い』で俺が『井戸』って言うから『ドンペリコール！』って急にコール始めるのはどう。ちょっとやってみよう」台本を持ってベンチから立ち上がった。

「じゃあ、井戸！」

「ドンペリコール！　今夜もヤリます♪ドンペリコール♪素敵な姫と♪素敵なお酒と♪素敵なホスト♪今夜も最高♪いっちゃって♪いっちゃって♪いっちゃって♪いっちゃって♪やっぱり♪ドンペリ♪やっぱり♪ドンペリ♪ハイハイハイハイ♪目指せナンバーワン♪」

『ん』がついちゃったよ！」金髪の頭を叩いて突っ込んだ。「これいいじゃん！　くだらなくて」根尾が乾いた笑い声を発した。野尻も座り込み、少し口角を上げた。

「今のネタ誰かと組んでやれよ」

根尾が諭すような口ぶりで言うと、二人の間を風が吹き抜けた。

「俺はコンビに戻るのは無理だからさ。いまちょっと忙しくて、友達の誘いとかも全部断ってるんだよ。だから、もうネタ持ってきたりしなくていいからな。今度来ても無視するからな」根尾がブルをなでながら語りかけた。

野尻は大きくため息をついた。「ドンペリ」から一気に「どん底」の暗さになった。

「いま、うつ病は大丈夫なのか？」根尾は野尻の顔を覗き込む。

「薬は飲んでるよ。急に来るんだよ。『うつ』って、急に来るんだよ」

「そうか。金に困ってるかもしれないけど、ホストも体に悪そうだし、うつ病にも良くないと思うけどな。金なくてもマジで週刊誌に動画売ったりしないでくれよ。頼む。頼むから。頼むよ！」つい大きな声を出したら、ブルが吠えた。その鳴き声にビクッとした。

野尻は下を向いたまま何も反応しなかった。

懸念

夏の気配が消えた頃、吉田マネジャーが訪れた。電話では根尾や市川と頻繁に連絡を取っているが、田代宅に来るのは初めてだった。黒のスーツを着て、渋谷にある有名店のロールケーキを手土産に「仕事で近くまで来たので寄らせていただきました」と丁寧にあいさつした。

田代はコーヒーを淹れ、切り分けたロールケーキを根尾も初めて見る高級感のある皿で出した。

「この時期は、お忙しいんですか？」と田代が聞いた。吉田は「そうですね。結構、特番とかあったり、芸人は学園祭シーズンでもあるので」

事務所は一〇〇組以上の若手芸人を抱えている。根尾が当たらなくても、若手芸人はパチンコの玉のように次々と飛び出す。

田代は「根尾君は学園祭の仕事は入ってないんですか？　そういう仕事が入ったら遠慮なく行ってもらった方がいいので」。吉田は「いいえ、まだそこまでは。バーターというか、人気の芸人にオファーが来ると、若手芸人を一緒に出してもらうことが多くて、そこで根尾を連れてきてほしいと言われることはあるんですが、ほかにもタレントがいるので。根尾はこちらに専念させようと考えています」と淡々と話した。

「何かご迷惑をおかけしていることはないですか？」今度は吉田が質問した。

「全然ないですよ。犬の世話とか掃除をしてくれて助かっています。声優の腕も上がっています。お笑いの才能もあるでしょうが、僕は長年この世界にいますが、彼は声優一本でいった方がいいんじゃないかと思うくらいです」と真剣に語った。

根尾は恐縮し、首を横に振った。

「そうですか。声優の世界も競争が激しいでしょうけど、お笑いより向いているのかもしれませんね」と吉田が笑ったので、珍しく冗談を言ったのだと根尾は思った。

根尾は複雑な心境で二人の会話を聞きながら、ロールケーキの渦を見つめて頭を回転させた。自分の代わりはいくらでもいるのが現実。田代は完全に声優に転向させようとしている。自分も日に日に芸人としての自信を失いつつある。

「先月受けたテレビのオーディションは落ちたので、今月の収録はなくなりました」吉田が田代に伝えた。芸人が一〇秒以内で特技を披露する番組だった。根尾は遼の物真似を披露した。結果は初めて聞いたが、手応えはなかったのでダメージは小さかった。

「今月一つテレビのオーディションがあるのですが、根尾を行かせてもよろしいでしょうか？」

「どうぞどうぞ。行かせてあげてください」田代は素っ気なかった。

しばらく三人で仕事の話をした。頃合いを見て吉田は「失礼します」と席を立った。根尾が駅まで送ることになった。二人で直接話すのは久しぶりだ。

「さっきのオーディションは二分くらいのネタらしいよ。なんとか回転寿司っていう特番だった」

「回転寿司？　ネタ番組ですか？」

「うん、あとでメールするね。無名の芸人が皿に乗って回転寿司のベルトコンベアみたいので流れてきて、審査員が気になる皿を選んでネタを見る感じらしいよ。寿司ネタとも掛かってるのかもね。だから見た目にインパクトがある芸人が多いんじゃないかな？　普通にスーツ着た漫才師が出てきても選ばれないもんね」

「本当の回転寿司みたいにスルーされる場合もあるんですね？　それは斬新ですね。出オチ勝負じゃないですか。僕もコスプレみたいなもんだから大丈夫ですよ！」

「順調にいってる？」

「はい。だいぶ練習してますから。そこの川沿いで田代さんと練習するんですよ」土手の方を指さした。

「そうなんだ。ねえ、せっかくだから練習場所教えてよ」

「あ、いいですよ。行きますか？」

二人は多摩川へ向かった。

「なんでここで練習してるの？」

「田代さんが昔から練習してるみたいです。人もいないし集中できるらしいですよ。台本も見ないで身振り手振りを交えて、劇団の稽古みたいなんですよ。僕もそうやって練習してるんですけどね」話している途中に魚が飛び跳ね、ピシャンと音を立てて水面に落ちた。あれは何をしているのか、根尾は昔から不思議に思っていた。魚にとってストレス発散になるのだろうか。濁水から空気中に飛び出す気分を想像してみた。爽快だろう。自分の置かれている状況と重ねていた。どこか息苦しい現状を打破して派手に飛び跳ねてみたい。

「へー。ちょっと物真似の練習やってみてよ。動画でアップするよ」吉田は珍しくテンションを上げ、ケータイを取り出した。

「練習ですか。なんか恥ずかしいな」と言いながら、遼モードに切り替える。

「ああ、そうだよ。おまえは格好悪いよ。顔とか体形じゃねえんだよ。どうせ俺なんて、どうせ、どうせって諦めてるところが、すげえ格好悪いんだよ！　思いを伝えて、それで……ダメならダメでいいじゃねえかよ！」田代と二人で何度も練習した場面。劇団のようにオーバーアクションで演じ終わると、また魚が一匹飛び跳ねた。

「一〇月二日放送『巨匠が初めて描いた人』よりって感じですね」根尾が照れ笑いを浮か

べた。

「いいね。事務所のSNSにアップするよ。『バスター根尾のネタ練習風景です』って書いておくね。貴重な動画だよ。ピン芸人がネタ練習してるとこあまり見たことないもん」

吉田が無邪気に笑う姿もレアだった。

「バスター根尾って誰だよって炎上しますよ」

「そんなことないよ。あ、忘れてた」吉田は黒いカバンから一〇通ほどの封筒の束を取り出し「これ渡そうと思ったんだ。事務所に届いたファンレターだよ。田代さんがいるときに見せれば良かったね。ごめんね」と、うれしそうに手渡した。

全て封が切られているということは、悪質なものがないか中身を確認したのだろう。ライブ終わりに一度だけ飲み物の差し入れと一緒に手紙をもらったことがあるが、郵送のファンレターは初めてだった。

「ありがとうございます！」

「いまはSNSとかネット上でいろんなコメントとか、ファンの意見を見ることができるけどさ、わざわざ手紙を書いて送ってくれるのもうれしくない？」

根尾が気持ちを口にする前に、吉田が的確に表現してくれた。大きな仕事が入ったのも喜ばしいが、田代は芸人としての自分を評価していない。住み込みを始めてから、酷評の連続だ。二缶以上飲んだ「超ストロング根尾」状態でキレそうになる日もあった。

手紙をくれた人は間違いなく応援してくれている。一人でも観客がいるなら、誰が何と言おうと辞めなくていい。その一人を笑わせるために芸人を続けてもいい。カラフルな封筒の束を手に、胸が熱くなった。

「じゃあ行こうか」吉田に言われて、根尾は自分がしばらく無言だったことに気づいた。

「本当にうれしかったです」芸人のくせに一番つまらない感想を口にした。

「あ、その中に女の子の写真と連絡先が入ってるのもあるけど、酔ってるときに連絡したりしないでよね。大事な時期だし、いろいろ流出したりしたら大変だからね」吉田に釘を刺され、根尾は心臓が締め付けられる思いがした。

「何か困ってることない？　ないよね？」駅に向かいながら吉田が事務的に聞いた。

「大丈夫ですけど、ちなみに、元相方の野尻っていたじゃないですか？　あいつから事務所に電話とかないですよね？」と確認した。前を歩いていた吉田は「特にないよ。なんで？」と根尾の方を振り返った。「いやちょっと困ってる……ってほどじゃないんですけど。いや、何でもないです。聞いてみただけです。すいません」と顔をしかめた。

野尻の件は吉田にも田代にも相談できない。声優の話が立ち消えになりそうで怖かった。マネジャーには言うべきか。まだ迷っているものの、結局、吉田にも言えなかった。

「そういえば、来月の『笑わせる話』のオーディション用にいい話ができましたよ。田代さんと市川さんのおかげで仕上がりました」

「そうなんだ。期待できるね」マネジャーの声が弾む。

「その頃には声優の件も発表されてるから、いやらしい話、話題性というか知名度も上がっていてオーディション受かりやすくなっているんじゃないですか？」

「そっか」

「逆にそれで落ちたら本当に面白くないっていうことを証明できますね」と苦笑いした。


今月唯一のテレビ番組オーディションの日が来た。「爆レア回転寿司」という番組で、テレビでは滅多に見られないレアな芸人が皿に乗って次々と登場する実験的な企画。根尾は指定された時間に一人でテレビ局に行き、控室となる大部屋に入った。

そこにはハロウィンさながらの異様な光景が広がっていた。全身タイツ、被り物、白塗り、上半身裸、ほぼ全裸……強烈な芸人が揃っていた。審査員が手に取る皿、つまり見たい芸人を選ぶ形式のため、やはりネタの中身より見た目が面白いメンバーが集まっている。

周囲の芸人に小声であいさつしながら、部屋の隅に荷物を置いた。入って右側の壁は一面、鏡になっている。見るともなしに鏡を見ると、鏡の中に懐かしい顔を発見した。やせ細った色白の芸人が着替えていた。

「野村さん。お疲れ様です」根尾は近寄って頭を下げた。

「お疲れ様です……おー久しぶり」野村は根尾の顔を二度見し、相好を崩した。

野村は元々「ベッツ」という漫才コンビのボケだったが、数年前に解散してピン芸人になった。根尾にとっては、よく飲みに連れて行ってもらった同じ事務所の先輩。ストイックに自分の笑いを追求するタイプで、周りから「尖っている」と見られがちだが、実際は面倒見の良い優しい先輩だった。楽屋でほかの芸人と群れないのは尖っているからではなく、人見知りなだけだ。同じ人見知り芸人の根尾とは妙に波長が合った。

根尾はベッツの漫才が単純に好きだった。「健康」をテーマにした漫才で野村は「外国では『りんご一個で医者いらず』という諺がある」と切り出し「りんごは体にいいんだーと思って食べようとしたら、皮剝いているとき包丁で指切って医者行った」「よく眠れるように羊を数えてたら、なんで眠れないとき羊を数えるのか気になって眠れなくなった」と続ける。派手さはないが、独特の感性のボケをボソボソと喋るネタは秀逸だった。

「一発屋枠でネタ見せに来たよ」野村は電子レンジの被り物を手にして笑った。

野村はピンになった直後、キャラの強い芸人を集めたゴールデンの人気番組のプロデュースにより、「電子レンジマン」という芸名に変わった。黒のスーツで首から上は電子レンジを被り、中央の穴から顔を出す。一発ギャグで空気を「温める」というコンセプトだった。ギャグのハードルを上げておいて、終わると「チン！」と鳴らすので客は脱力して笑ってしまう。ウケずに客席が寒くなった場合はアドリブで「温め時間が足りなかった」「五〇〇ワットじゃなくて一五〇〇ワットでいきます」「まだ中が凍ってましたね」などと言って笑いを回収するスタイル。これが高視聴率の番組でハマり、小学生を含む若者の間で大ブレイクを果たした。

テレビに営業に引っ張りだことなり、冷凍食品や電子レンジのCMにも出演。動画サイトの公式チャンネルの再生数は青天井で伸び続け、広告費という莫大な収入を得た。ネタ本は重版を繰り返し巨額の印税をもたらした。深夜ラジオの冠番組を持ったときは、ラジオなのに電子レンジを被って話題になった。最高月収は一〇〇〇万円を超えた。

しかし、ジェットコースターのように急な角度で上がったものは下がるスピードが速い。厄介なのは、一度上げたものを下げることに人間が快感を覚えるということだ。ブレイクする芸能人を生み出すのも大衆なら、勢いが落ちると「飽きた」「消えた」と騒いで落下のスピードを速めるのも大衆だった。電子レンジマンはわずか一年ほどで飽きられ、テレビから完全に姿を消した。地方の営業で生活費を稼ぎ「一発屋芸人」という括りのテレビ番組があると必ず呼ばれるのが現在の立ち位置だ。

「野村さんが回転寿司で回ってきたら絶対面白いじゃないですか。ずるいですよ、一〇〇パー受かりますよ」と根尾は先輩をいじった。最近の若手は「レンジさん」と呼ぶが、根尾にとってはいつまでもベッツ野村さんだ。

「でも寿司って新鮮じゃないとダメじゃない。俺みたいな四十手前のオッサンが出る番組じゃないと思うけどな。新鮮どころか、逆に穴子みたいになってるけど」

「火が通っちゃってるわけですね」

「そうそう。店がタレで勝負してるっていう」と笑いながら野村は慣れた手つきで電子レンジをスッポリ被った。当時の番組が用意した電子レンジの小道具を使い続けていた。美術スタッフの手によりプラスチックでつくられ、丈夫で完成度が高かった。

「おまえは受かるだろ、タイムトラベラー達の物真似あるから」

「いや、どうですかね？」と、どんな顔をしていいか分からず苦笑した。

根尾の順番が回ってきて、ネタ見せ会場の部屋に入った。達のコスプレでサングラスを外して「よろしくお願いします」とあいさつ。ディレクター、放送作家ら三人のスタッフ、三脚に立てられたカメラが無機質な視線を向ける中、まずは大きな皿のセットの上に乗るよう指示された。回転寿司としてテレビ映えするかジャッジしたいようだ。根尾は左膝を突き、立てた右膝の上に右肘を乗せるポーズを取った。「寿司」になった。そこそこ笑いが起きたので、右手でキザにサングラスを外してみせた。

回転寿司と言っても、番組上はベルトコンベアで袖から袖へ横切るだけだろう。ステージ中央でサングラスを外すイメージだ。おそらく、審査員が気になる「寿司」があったらボタンを押してベルトコンベアを止め、ネタを見る形式だろうと想像した。

ネタは「本能寺の変を止める達」「ジョン・レノン殺害を止める達」の二本を演じた。短い尺では複雑な設定を説明する時間がないため、誰もが知っている出来事を取り入れたシリーズを用意した。スタッフの笑い声はなかったが、ネタ見せではよくあること。淡々とやりきって部屋を出た。

物真似というより、遼が体の中に入っているという感覚で演じられたことに密かに自己満足を覚えていた。修業の成果が出た。

廊下に出ると「電子レンジマン」野村がスタンバイしていた。「お疲れ様でした」と声を掛けると、先輩は「温めてくるわ」と笑顔でネタ見せ会場に入っていった。後ろ姿が画になった。

控室で着替えていると、野村が戻ってきた。帰還した宇宙飛行士のヘルメットよろしく電子レンジを脇に抱えている。やけに格好良かった。

「どうでした?」

「部屋に入ったときが一番ウケた。出オチだった」と自虐的に笑った。

「出オチ勝負の企画じゃないですか。絶対受かりますって。僕もネタは微妙でした」

「このあと、テレビの生放送のMCとか、何か仕事ある?」

「あるわけないじゃないですか」

「あれ、スポンジがついたマイクを持って歌番組の司会やってなかったっけ?」

「やってないですよ。どの大御所と間違ってるんですか?」

「じゃあ、軽く飲みに行くか」

「いいんですか。行きましょう」

こういう機会がないと飲みに行くこともない。喜びを噛みしめた。

チェーン店の居酒屋に入ると、大学生らしき集団で店内はにぎわっていた。仕切りを隔てた隣のテーブルで男女六人が騒いでいる。

根尾はメニューからサラダ、唐揚げ、ホッケの塩焼き、卵焼きと無難なものを注文し、生ビールで乾杯。野村は騒がしい店内で少し音量を上げ「おまえも、もうバイトしてないんだろ？」と言った。「バイトはしてないですけど、食えてるってほどじゃないのでギリギリって感じですね」と、ひどく曖昧な答えになった。

木製のボウルに入ったシーザーサラダを取り分けようとしたら、野村が「自分で取るからいいよ」と口を挟む。毎回そこまでがお約束の流れで、その言葉が出てから二人とも直箸になる。気を遣われるのが嫌いだと知っている先輩でも、取り分けるポーズを見せるのが後輩の礼儀。田代に対しても常にそうしている。

「芸人も多くなりすぎて、今日みたいなショートネタとかキャラ重視になっていくんだろうな」野村が遠い目で言った。

「そうですね。普通の漫才で売れるのは、よっぽどですよね。本当よっぽど凄いやつじゃないと無理ですよね」

さきほど覗いたケータイには野尻からのメッセージが来ていた。根尾も野村も元漫才師。

現在はキャラの濃いピン芸人。根尾は、野村も自分と同じで本当は漫才がやりたいのだろうと勝手に思っていた。

「相方さんと会ったりしますか？」

「いや、芸人辞めてるし、会わないね。地元に帰って実家の工場で働いてるから」

「誰かにコンビ組んでくれって言われたことありますか？」

「ないな。割とすぐ電子レンジマンになっちゃったから。あの番組が終わって電子レンジマンだけ残っちゃったけど。不法投棄みたいに」と笑い「電子レンジマンと組みたいやつがいたら面白いけどね。どこに勝算があるんだっていう」

「違う家電と組んだらいいんじゃないですか？」

「それきついだろ。電子レンジと冷蔵庫とか？　洗濯機とか。洗濯機が何すんのか分かんねえけどさ。アイロンとかは被り物としてはいいと思うけどな。シューって言ってスチームが出たりしてさ」

二人はクスクス笑いながら、ジョッキを空けた。隣のテーブルは相変わらず騒がしかったが、気にならなかった。

根尾が皿に残ったサラダと唐揚げを食べていると、隣の大学生たちが店を出ようと前を通った。一人の男が野村の方を見て「あれ電子レンジマンじゃね？」とコソコソ言い出した。仲間にも伝えて、こちらを指さしている。野村は聞こえていたが、無視していた。

すると、酔った男子学生三人が野村に絡んできた。無視しようとしたが、「電子レンジマンですよね？」と話しかけてきたので「そうです」と白状するしかない。最初こそ敬語だったが、「うわ、マジウケる！　電子レンジマン」とはしゃぐ女子を巻き込み「ギャグ見たい」「この間、一発屋のテレビ見た。一発屋って悲しくない？」と爆笑している。

後輩が何とかしなければという思いもあったが、もはや酒が回り「超ストロング根尾」に変身していたので、怒りの方が大きかった。根尾は立ち上がって声を荒げた。

「一発屋の何が悪いんだよ。一発屋がどんだけ凄いか分かんないやつが言ってんじゃねえよ。一発でも売れるのが、どんだけ大変か分かってんのかよ！」

相手の胸ぐらを掴もうかという勢いだった。学生は一気に白けたムード。根尾は続けた。

「バカにするなら俺をバカにしろよ。俺も芸人だけど一回も売れてねえんだから。ゼロ発屋より一発屋の方が凄えんだよ。いくらでもバカにしろよ」

一人が半笑いで「すいません」と言い、六人グループは去っていった。野村は一連の流れを笑顔で見守っていた。

「席替えてもらえば良かったですね。変なやつ来ちゃって、なんかすみません」根尾は頭を下げて席に座った。

「全然いいよ。慣れてるから。ありがとな。何か飲めよ」野村は酒をすすめた。

「一発屋っていうジャンルができるほど芸人が余ってるってことだな。おまえは一生『一発屋界』に来ないだろうけどさ」

根尾は一瞬、言葉を選んでから「僕は一発当てることもできないだけですよ。ゼロ発屋です。芸人ほぼ全員ゼロ発屋です」と言って、焼酎の水割りを小さな氷ごと飲み干した。

きっと一〇年後も二〇年後も、二人とも芸人は辞めていないだろう。野村が誰かとコンビを組んでいるかもしれないし、自分が「アイロンマン」になってブレイクしているかもしれない。野村と組んで漫才をしているかもしれない。芸人は辞めていないだろう。

店の外で先輩を待ち「ごちそうさまでした」と頭を下げるのも久しぶりだ。野村は「また行こうな。俺みたいになるなよ」と最後まで自虐的に笑いを誘った。


一〇月下旬に差し掛かった。根尾はいつものように部屋でDVDを見ていた。だが、たまたま見たアニメのストーリーがタイムリーな内容で集中できなかった。

男性アイドルが男女数人とカラオケに行ったが、飲みすぎてハメを外し、女性と肩を組んで歌う写真がネット上に流出する。しかも、一緒に飲みに行った女性の中に未成年がいたことが発覚し、レギュラー番組やCMを降板する事態に追い込まれてしまう。アイドルは芸能界を牛耳る大物を通じて遼の存在を知り、なんとか過去を消してほしいと懇願する。

「有名人も大変だな、酒飲んでカラオケ行っただけでジ・エンドかよ」という遼のセリフが耳にこびりついた。

「有名人も大変だな、酒飲んでカラオケ行っただけでジ・エンドかよ」

いつものように練習したが、クオリティーの低さは明らか。録音を聞くまでもない。だめだ。遼が体の中に入らない。野尻の卑猥動画を連想している。もはや自分に言っている「ジ・エンド」という言葉だった。

「あーだめだ」と言って頭をかきむしり、DVDを止めた。気分転換に一階に降りると、市川がパソコンを開いて仕事していた。さっきまでいた田代は買い物に出たらしい。

「お疲れ様です」と伏し目がちに、市川の斜め前に座った。

市川はパソコンを見ながら「そう言えば、この間久しぶりに昔の友達に会ったんだけどさ。根尾君の話になったんだよ」と切り出した。

「え？　僕ですか？」

「声優を目指してたとき仲良かった友達だったんだけど……」

市川は「声優をやっていた」「声優だった」とは言わず、必ず「目指していた」という言い方をする。一部のファンの間ではアイドル的存在で歌まで出しているのに、あくまで「目指していた」と強調する。そのたびに根尾は自分も「芸人を目指している」状態だなと、謙虚というか卑屈になるのだ。

市川の話が続く。

「桜姫っていうアイドルがいて……」

「桜姫⁉」

いわゆる「食い気味」のリアクションが返ってきたため、市川は思わず背筋を伸ばした。大きな瞳をさらに見開き、根尾を見ている。目が合った。

「あ、いや、桜姫と友達なんですか？」

「う、うん。昔ライブとか一緒になって。桜姫もアニソンとか歌ってたから。いま結構テレビ出てるよ。たまにゴハン行ったりしてて、この間久々に会ったの」

「そうなんですか。僕の話って……何だったんですか？」恐る恐る聞いた。

「私が田代さんのマネジャーやっているの知ってて『タイムトラベラー達の物真似している芸人知ってる？』って聞かれたのね。もちろん声優が替わる話はしてないんだけど、知ってるって言ったら、昔、仕事で根尾君と一緒になって飲みに行ったって言ってた」

「そうなんですよ、ぶっちゃけ、そのときの話って、してましたか？　その……飲みに行ったときにどうしたとか……」

「いや、それは聞いてないんだけどさ。それがさ！」市川が何か凄いことを言いそうな含み笑いを浮かべたので、根尾は唾を飲み込んだ。鼓動が激しくなった。

「なんか根尾君の元相方といま付き合ってるんだって！　凄い偶然じゃない？　うん？別にそうでもないのかな」市川は天井を見上げた。

「マジですか⁉　野尻と付き合ってるんですか！」根尾の頭は混乱し、整理するのに時間がかかった。

二人が付き合っているとなると、グルになっている可能性が高い。恋人同士になってから、あらためて動画を見た野尻が、根尾に対して嫌悪感を抱いたのかもしれない。最悪な事態に発展する前に、市川に相談しなければいけないと瞬間的に思った。

「市川さん。すいません！　ちょっと相談がありまして。絶対に田代さんにも誰にも言わないでほしいんですけど……」

根尾は野尻の件を打ち明けた。市川と桜姫の関係を突破口にして、どうにか円満に解決できないものかと相談した。野尻から送られた脅迫まがいのメッセージも見せた。

卑猥動画や脅迫の事実、一〇〇万円という生々しい金額に市川は明らかに引いていた。

「警察に言った方がいいんじゃないの？　証拠もあるしさ。根尾君がお金を払ったとしても動画消すとは限らないし、お金要求され続けたら地獄じゃん」と声を潜め、顔を近づける。

「そうなんですけど……警察沙汰になったらニュースになるじゃないですか？　一応、芸人だし。週刊誌も調べたりしますよね。いま声優交代の大事な時期にイメージが悪くなるじゃないですか。田代さんとかアニメのスタッフさんとか事務所とか、凄く迷惑かけることになりますよね」不安が堰を切ったようにあふれ出す。

最近、売れっ子芸人がスキャンダルがきっかけで始まったばかりの冠番組を降板する事態が二件続いた。週刊誌もスクープを出すタイミングを考えている。数年前から摑んでいる政治と金のネタを、その政治家が初入閣した直後に記事にしたりもする。よりダメージが大きいタイミングを虎視眈々と狙っている。

根尾の件も、既に知っている可能性がある。売れたら出そうとしているのかもしれない。もしかしたら声優引き継ぎの話も知っていて、発表直後に爆弾を落とすつもりかもしれない。根尾は疑心暗鬼になっていた。

「でも桜姫もいま変なキャラで売れてきてるから、向こうも出せないんじゃないの？　もう辞めた人なら出せるけど、桜姫のダメージも大きいよね？」市川が話した。

「そこは顔をモザイクにしてアイドルSとか匿名で告発するんじゃないですか？　そこで僕が『桜姫のこともバラすぞ』って言ったら、僕も脅迫しているやつと同じレベルになって泥沼じゃないですか？　自分を守るためには、それしかないのかもしれないですけど……」

根尾は最近テレビやネットをこまめにチェックしていなかったので、桜姫がメディアに露出しだしていることを知らなかった。ロリータファッションは記憶にあるが、顔ははっきり思い出せない。

「うーん、そっか」市川がパソコン画面に顔を戻した。

「ちょっと調べていいですか？」根尾はスマホで今更ながら「桜姫」を検索した。これまで怖くて検索できなかったというのが正直なところだった。毒舌タレントが売れない芸人やアイドルを説教する番組で「プチブレイク中」と紹介されていた。「ホストにハマって借金まみれ」というアイドルらしからぬエピソードで番組に爪痕を残したようだ。

芸能界で売れるためには少ないチャンスで相当なインパクトを与えなければいけない。どんな芸能人でも一打席は必ずチャンスが回ってくると、先輩に言われたことがある。その打席で結果を出したのが桜姫であり、出せなかったのが自分や野尻、市川だったということだろう。

桜姫はホストクラブで野尻と再会し、付き合うようになったのかもしれない。相方は手が早い。あの頃から付き合っていたのかもしれない。もはやどっちでもいい。

「桜姫テレビ出てるんだ。知らなかった……」と独り言が漏れる。

「今度、私が飲みに行って直接聞こうか？　こういうのは面と向かって話した方がいいからさ。彼女が脅迫のことを知っているか聞いてみようか？　彼氏が何してるのか」

「そんなことできるんですか？　そうしていただいた方が……いいですかね？」

華奢で可愛いポニーテールの女性が、警備会社で五輪を目指す女子レスリング選手のように頼もしく見えた。じゃれてきたブルをなで回す。解決への道筋は見えないが、悩みを打ち明けて気が楽になったことは確かだった。

田代が両手にビニール袋を提げて帰ってきた。二人を見るなり「どうしたんだよ。二人とも浮かない顔して。まあ、二人の浮いた話があっても嫌だけどな」。根尾と市川が対座して話していること自体が珍しかった。

「それより今日、吉田さんと飯食いに行かない？　なんかさっき電話したとき、渋谷の方にいたらしいから、近いから誘ったんだよ。早めに練習して行こうぜ。由梨も行こう。みんなで行ったことなかったし」

田代の提案が重い空気を変えた。根尾は吉田と食事するのは初めてなので少し緊張した。

野尻は空き時間を見つけては多摩川を訪れていた。根尾に偶然会える可能性を信じ、待ち伏せした。電話やメッセージは無視され続けたので、直接会って話すしかない。

根尾が市川に悩みを打ち明けているとき、野尻は半ば諦めつつも多摩川に足を運んでいた。そしてついに、根尾を見つけた。高架下のスペースで土手を見上げていると、根尾が階段を降りてきた。

しかし、話しかけられなかった。向こうが知らない男性と女性と三人で歩いていたからだ。野尻は遠目から観察した。根尾は男性と何やら川沿いで話しているようだった。妙なオーバーアクションが気になった。「銀河鉄道の人間失格」で野尻が演じたカムパネルラの臭い芝居のようだ。口論をしているようにも見える。一緒にいる女性は少し離れた位置で見守っていた。「何やってんだろ」と野尻は気配を消して見守る。殴り合いのケンカにでもなったら止めなければいけない。警察を呼ぼうか。一人でソワソワしていた。

「有名人も大変だな、酒飲んでカラオケ行っただけでジ・エンドかよ」

河川敷で練習の成果を披露した。遼の気持ちになりきれないのは自覚しており、それは師匠にも見抜かれた。

「最近、何かが違うな。『大丈夫。おまえ天才だから』のときと違うんだよ。でも語尾の感じとか息遣いとか、細かいところまでどんどん俺に似てきてる。ずっと練習してるもんな」田代は目を細めた。修業も終盤に入り、引き継ぎが刻一刻と迫る。気温がグッと下がり、季節が急変する一〇月下旬。一人の男の芸人人生も急変しようとしている。

「芸人で売れることが目標っていうのは変わってないんだろ？」田代が聞いた。

「はい。変わっていません」と即答したものの、売れることを信じられなかった。声優の件が決まってから野尻のことで迷惑をかけたら、芸能界を引退するしかない。夜の川面を見ていると、全て投げ出して飛び込んでしまいたい衝動に駆られた。追い込まれていた。

根尾の様子を察し、田代が話題を変えた。

「今度、気分転換に由梨と一緒に練習してみれば？　DVDでレイナとの会話をアフレコしてみればいいじゃん」と提案した。

レイナというのは、アニメに出てくる遼の恋人のセクシーな女性だ。遼が生活する地下の事務所に出入りすることができる数少ない人物の一人。二人の会話はいつもアメリカンジョーク風の軽妙洒脱な掛け合いになっていた。

根尾も「はい。市川さんと練習できるならしてみたいです」と応えた。現実逃避し、淡い期待を抱いた。

田代が市川に近寄り、話しかけた。根尾は練習しながら横目で二人を見ていた。スマホをいじっていた市川が驚いた様子を見せ、顔の前で手を振っている。「私が教えられることなんてないですからー」と謙遜しているのだろう。根尾は彼女の視線を感じながら、顔を赤らめて遼のセリフを言い続けた。頭の中は市川のことばかり考えている。まったく気持ちの入らないセリフになった。

練習が終わり、三人は駅前の焼き肉店に入った。テーブル席に家族連れが二組いて、奥の掘りごたつの座敷には客がいなかった。座敷の一番右奥のテーブルを選び、右奥に田代、向かいに市川、その左隣に根尾が座った。「吉田さんが遠慮しないように」と田代は飲み放題を選択し「肉を注文するのが面倒くさい」とコースを注文した。

二人は生ビール、市川はマンゴージュースで乾杯した。

「さっき二人でなんか深刻そうに話してたみたいだけど、何かあったのかよ?」田代が向かいの二人を交互に見て笑った。

「いや、たいしたことじゃないです」根尾は誤魔化した。

「何かあったら、遠慮なく言えよ」田代が今度は市川だけを見て言った。

「大丈夫ですよ」と市川が笑顔をつくった。

根尾がサラダを取り分け、タン塩を三枚網の上に乗せたところで、田代の背後の窓に吉田が入ってくる姿が映っているのが見えた。

「お疲れ様です。すみません。遅くなりました」とスーツ姿の吉田が根尾の向かいの席に座った。

「好きな飲み物を頼んでよ。安いから飲み放題にしたから。たぶん、もう元取ったよな？ははは」田代は吉田にメニューを渡す。吉田が手を挙げて無愛想な若い女性店員を呼び、時間差の生ビールを注文。根尾は「吉田さん飲むんだ」と思いながら、タン塩をもう一枚網の上に置いた。

「結構、お酒は飲むんですか？」根尾が聞いた。

「いや、そんなに飲まない。強くないから。家では飲まないし」と冷静に言った。

ビールを二杯飲んでも吉田は顔色ひとつ変わらなかった。

「あ、ちなみに、この間のネタ番組のオーディションは不合格だったみたいです。『回転寿司』で芸人が回ってくるっていう番組」煙越しの業務連絡は想定内だった。

「そうか。なかなか厳しいんだね」田代が言った。おそらく田代にとっても予想通りの結果だったはずだ。

　初めて食事に同席した吉田は、自然と話題の中心になった。

「吉田さん趣味は何ですか？」根尾は純粋に聞きたかった。

「趣味……というか、実は野球観戦が好きです」と照れくさそうに明かした。

「へー私以外みんな野球詳しいんですね」市川が目を輝かせた。肉の脂を分解したいのか、二杯目は黒烏龍茶をストローで飲んでいる。

「私は高校野球と大学野球だけで、プロ野球はあまり見ないんですけどね。だから実は、夏の高校野球の予選とか、大学のリーグ戦は時間があったら球場に見に行きます。フラッと一人で」と笑みを浮かべた。ビールとグレープフルーツサワーを二杯ずつ飲み、少し仕事のときより饒舌になっていた。

「だから実は根尾君の試合も見たことあったんです。南関東大学一部リーグだもんね？ショート守ってたよね？　根尾っていう名前いたような気がして昔の選手名鑑見たら『あ、いた。やっぱり』って思った」

「そうだったんっすか！」トングを持った若手芸人が、担当マネジャーのカミングアウトに肉が焦げるのを忘れるほど驚いている。

「バスターって野球のバスターでしょ？」吉田は言った。「私、素人だけどいつも野球見てて、送りバントよりバスターエンドランの方が送る確率高いと思ってたんだけど。あんまりバスターエンドランってやらないよね？　なんでかなと思うんだ」

「吉田さん詳しいですね。女性の口からバスターエンドランって初めて聞きましたよ」根尾が笑った。

「じゃあハイボール見ると高めの球を思い出す？　ははは。でも、なんで野球好きなの？　野球部のマネジャーだったとか？」田代がハイボールのジョッキを持って聞いた。

「いえ、そういうわけじゃないんです。たまたま高校野球を見てたら、野球って不思議だなと思って。あの、私、理系だったんですけど、野球の数字って不思議と言うか、奥が深いなって思っちゃったんです」

三人の頭上に「?」が浮かんでいた。野球の数字？

「詳しく聞いてもいいですか？」市川が言った。根尾は野球に詳しくない市川が興味を示したことに安堵した。網の上の肉を全員に取り分け、トングを置いて吉田の話に集中した。

「野球の数字って、なぜか三と九が多いですよね。三ストライク、三アウト、九回。九人でやるし。三の倍数ってそれぞれ数字を足しても三の倍数になるじゃないですか。例えば、三アウト×九回で全部で二七アウトだけど、二＋七＝九で三の倍数。全部三球三振だとすると三球×三アウト×九回で三×三×九＝八一球。八＋一＝九」

三人は手を止めて興味津々で聞き入っている。吉田が続けた。

「ちなみに、ボールの縫い目の数は一〇八個。一＋〇＋八＝九。これは人間の煩悩の数と同じと言われていますよね。さっきの二七アウトと八一球を足すと、二七＋八一で一〇八になるじゃないですか。何か野球と『煩悩』って関係してるんじゃないかなって思ってるんです。数字が暗号みたいで面白いなと思って」

興味津々の三人。市川が「なんか凄い。それ自分で気づいたんですか？」と聞くと「そうですけど、誰でも気づくと思いますよ」と吉田が言ったので「いやいやいやいやいや」と三人同時に煙の中で首を横に振った。

「俺と根尾君は野球やってたけど、そんなこと考えたこともないよな？」

「まったくないですね！」

「そうですかね……。でも唯一……なのかな？　……四っていう数字がありますよね」

「フォアボール！」根尾が得意げに言った。

「そう。フォアボールは四なんですよね。四球って何なんだろうと思って、また考えちゃうんですよ。それで私が思ったのは、四球って語呂合わせで数字にすると四九になる。野球は語呂合わせで八九なんですよ。さらに四九と八九を語呂合わせにすると『四苦八苦』になるじゃないですか。だから野球って四球を出すと苦しむんじゃないかなーと思うんです。こじつけですけどね、四球を出して苦しんで負けるイメージがあるんです。しかも『しく』『はっく』って言うと、どうしても掛け算九九にしたくなっちゃって、四九（しく）＝三六、八九（はっく）＝七二になる。三＋六も七＋二も九になる。しかも！　しかもですよ。なぜか三六＋七二＝一〇八。また縫い目と煩悩の数なんですよ！」

「おー」と声が上がる。

「すいませんね、私ばっかり喋ってて。なんか不思議じゃないですか？　なんか野球って煩悩と関係あるというか、煩悩、つまり欲で破滅していくスポーツなんじゃないかなと。そういうメッセージが隠されている気がするんですよ」

「すげー！」「そんなこと考えてるんですか」「偶然だとしても凄いですよ」と静かな店内の隅でバカ騒ぎ。女性店員が舌打ちしている。飲み放題に乗じて泥酔したわけでもなく、吉田が語る不思議な符合に大の大人が酔いしれていた。

「でも本当にそういう神様のメッセージが隠されているかもしれないですね」根尾はそう言いながら、大学時代のことを思い返していた。煩悩、欲望、破滅していく……。忘れられない出来事があった。

　理系女子である吉田のアンテナに引っかかったのは、三と九という数字だったようだ。

「一÷三は〇・三三三三三……と永久に割り切れない。三倍したら〇・九九九九九……。それなのに三分の一と分数にすると、三倍したら一。割り切れないはずなのに、なぜ一になっちゃうのか。ずっと疑問だったんですよね。その矛盾、不完全性みたいなものが、野球というスポーツの本質を表しているんじゃないかって思うんですよ」

「でもなんで、アマ野球なの？　プロ野球は？」田代が素朴な疑問を投げかけた。

「将来のスターを発掘する感じが好きなんでしょうね。そういう意味では弊社の若手芸人をマネジメントするのと似ているかもしれません。あと、プロより気軽に見に行けるし、試合のテンポも早いのが好きです」

「あ！　吉田さんなら、この間の初体験……いや、いつもバット持ってた一年生のこと知ってるんじゃない？」市川が根尾の右肩をバシバシと叩く。

「あ、小泉ですか？　僕が三年のときに入ってきた一年生です。確か神奈川の無名校でプロ注目になって、セレクションで入ってきた凄いやつがいたっていう話をしたんですよ。ケガして辞めちゃいましたけど。下の名前は何だったかな。忘れちゃったな」

「下の名前も覚えてねえのかよ！」

突然、田代が声を荒げた。場の空気が凍りついた。

「すいません」反射的に口にした根尾は「忘れちゃいました……名前調べた方がいいですかね？」

「別にいいよ、調べなくても」田代は吐き捨て「ただささ、体育会系の部活だから、どうせ下級生はこき使われていたんだろ？　だいたい分かるよ。そうやって辞めていった後輩もいたんじゃないかなと思っただけだよ」

「あの、小泉は本当にケガをして……」

「もう分かったよ！　もういいよ、その話は」

田代はグラスに口をつけた。重たい沈黙。根尾は脅えていた。なぜ田代が小泉の話に固執しているのだろう。まさか、知っているのか……。

「吉田さん、ごめんなさいね。せっかく呼んだのに僕が変な空気にしちゃって」田代は柔和な笑みを浮かべた。

「ごめんな、楽しく飲み直そう」とグラスを持ち上げた。静かな乾杯。グラスを合わせる音が再び沈黙を呼び寄せた。

吉田が空気を変えようと口を開いた。努めて明るく話し始めた。

「小泉っていう名前、私なんか聞いたことあるような……。その世代の神奈川でプロ注目だったら知ってると思うけどな。私、地元だし神奈川の高校野球はチェックしてたから。南関東一部の大学って野球推薦で合格した新入生を発表するでしょ？　あれも毎年チェックしてるし」

「凄いですね。吉田さんがそんなマニアだったとは。なんか今日は得した気分です」根尾が言うと「本当そうだよね」市川も同調した。彼女が自分に対してタメ口になったのはいつからだろうか。

田代は壁に寄りかかり、レモンサワーのおかわりを注文した。やはり冷めているように見えた。

あっという間に飲み放題の二時間が経過した。根尾が店員に「お会計お願いします」と言うと同時に、吉田が財布を出した。田代は「いやいや、いいです、いいです。うちで出すから。領収書もらって。いつも通り頼むわ」と由梨にクレジットカードと伝票を渡した。

「ごちそうさまでした」店の外で根尾と吉田が頭を下げると「全然、逆にありがとうございました」と田代が頭を下げた。

「吉田さん、また数字の話とか教えてくださいね」市川も頭を下げた。

「根尾君、レディー二人を駅まで送ってあげて。それじゃあまた」田代は駅と反対の自宅の方へ消えた。三人は駅まで歩いた。

「あ！　吉田さん。ちなみに例の『爆レア回転寿司』のオーディションなんですけど、電子レンジマンさんは受かりましたか？」

「うん。受かったって」

「マジっすか！　やっぱり受かったんですね。良かったー」心底うれしかった。

改札まで二人を送ると、コンビニに立ち寄り、ビールとレモンサワーを買った。一人で酒を飲める貴重な時間だった。

ケータイを取り出し、市川の連絡先を探す。「お疲れ様です。今日は相談に乗っていただき、ありがとうございました」と送った。「おやすみなさい」と書きかけて、電車に乗る人に送る言葉じゃないと思い、消した。秘密の共有が二人の距離を縮めた気がした。

ビールを飲み干し、レモンサワーを開ける。家に着くまでに飲み干そうとペースを上げた。左手に多摩川の土手。土手の向こうには、田代との世界、野尻との世界が広がり、漆黒の冷たい川へ繋がっている。スマホを覗いたが、市川からの返信は来ていなかった。

部屋に戻って寝転ぶと、市川から「またね」だけのメールが届いた。「お」を押しただけで予測変換「おやすみなさい」が出たので、一〇秒かからずに返信した。


後日、市川が田代宅にいるときに根尾は田代に「今日、市川さんと練習させてもらってもいいですか？」と了解を取った。市川の仕事が終わり次第レイナ役でアフレコに付き合ってくれることになった。

「由梨、声優の先輩としてスパルタで頼むよ」と冗談めかした。

「先輩とかハードル上げないでください。ド素人ですから」と甲高い笑い声を上げた。

根尾の部屋で市川と二人きりになるのは初めてだ。市川はイスに、根尾は床に座った。西日がクリーム色のカーテンを照らしていた。オフの田代は、一階のリビングでチューハイを嗜《たしな》んでいる。

市川はまず、小声で桜姫の件を話した。

「桜姫と来週の日曜日に会う約束したから。特に根尾君のことは言っていない。あの子お酒飲むと凄い喋るから、いろいろ聞いてみるよ」

来週の日曜日は一〇月三〇日。住み込み最終日の前日だ。根尾は顔を近づけ「なんて聞けばいいんですかね？　野尻からどこまで聞いてるか分からないじゃないですか」と眉間にしわを寄せた。市川は「とりあえず、元相方のこと話してないか、お金に困ってないか、お金に困っていたら、ぶっちゃけ何か聞いていないかとか、適当に聞いてみるよ」と背もたれの上に乗せた両腕に顎を乗せた。

「すいません。お願いします」根尾は正座で頭を下げ「この間も夜中に『死ねクズ』とか『売れても全部バラしてやる』とか、バーっていっぱいメール来てました」

「そっか。大丈夫だよ！　話変えようか！　何か違う話してよ。それから練習しよっか」

「え？」

四角い部屋の固い空気の塊が粘土のように練られて柔らかくなっていくのを感じた。勇気を出して話を振ってみた。

「市川さんはどういう男性がタイプなんですか？」

「いきなりかい。うーん、何か信念を持って一つのことに打ちこんでいる職人みたいな人には魅かれるかな。根尾君はどうなのよ？　彼女いるんでしょ？」

「いないですよ。僕はやっぱり笑いのツボが合う人かな。芸人だから話がウケないと単純につらい」と一瞬、市川と目が合った。

「ふーん」と含み笑いをした市川は「よし、練習しよ！　ごめんね」と腕時計を見て立ち上がり、イスを降りて根尾の隣に座った。

「やりましょう。すいません。ドギマギしました。ドギマギって」と、そそくさと布団を隅に片付け、DVDの準備をした。まだ口元が緩んでいた。

事前に遼とレイナの掛け合いシーンを探し、すぐに再生できるようにしてあった。あらかじめ掛け合いの台本を紙に書いておき、それを市川に渡した。まずは二人でアニメを鑑賞する。根尾の頭には遼のセリフが完璧に入っていたので、台本は持たなかった。

慣れた手つきでDVDを再生した。

「ねえ、この間の政治家から一〇〇〇万くらい報酬もらったんでしょ？」

レイナが言った。ソファに座る遼の隣に座り、遼の右腕に絡みついた。

「こっちは過去に行って死にかけたんだ。それくらいもらってもいいだろ」

遼が言った。

「遼は死なないから大丈夫。ねえ何か買って」

レイナが言った。

「断ったら殺されるんだろ？　せっかくヤバイ仕事から生きて帰ったのに死にたくねえからな。好きなもん買えよ」

遼が言った。

「大好きー」

レイナが勢いよく抱きついた。

「俺も好きだよ。金遣いが荒いところ以外はな」

遼もレイナの背中に手を回し、しばらく二人は抱き合った。

「これからも死なないでね」

レイナが言った。

「それはどうかな。俺も未来には行けないから分かんねえよ」

遼が言った。

台本と画面を交互に見ていた市川は「オーケー。じゃあやってみよう」。根尾は録音の準備をしてDVDを「消音」で再生した。

「ねえ、この間の政治家から一〇〇〇万くらい報酬もらったんでしょ?」

レイナのセクシーな声で市川が言った。画面の中のレイナは、ソファに座る遼の隣に座り、遼の右腕に絡みついた。

「こっちは過去に行って死にかけたんだ。それくらいもらってもいいだろ」

遼の声で根尾が言った。

「遼は死なないから大丈夫。ねえ何か買って」

レイナの声で市川が言った。

「断ったら殺されるんだろ? せっかくヤバイ仕事から生きて帰ったのに死にたくねえからな。好きなもん買えよ」

遼の声で根尾が言った。

「大好きー」

レイナの声で市川が言い、画面の中のレイナが勢いよく遼に抱きついた。

「俺も好きだよ。金遣いが荒いところ以外はな」

遼の声で根尾が言い、画面の中の遼はレイナの背中に手を回し、しばらく二人は抱き合った。

「これからも死なないでね」

レイナの声で市川が言った。

「それはどうかな。俺も未来には行けないから分かんねえよ」

遼の声で根尾が言った。DVDを止めると、気まずい沈黙が流れ、気恥ずかしかった。

「やっぱり市川さん凄い。レイナのあのセクシーな声も出せて、すげえ似てたし」と言って間を埋めた。

「似てない似てない。セクシーじゃないから」と照れていた。気まずい空気が部屋に充満していた。

もう一度二人でアフレコをした。

「ねえ、この間の政治家から一〇〇〇万くらい報酬もらったんでしょ?」

レイナの声で市川が言った。市川は隣に座る根尾の右腕に絡みついた。

「こっちは過去に行って死にかけたんだ。それくらいもらってもいいだろ」

遼の声で根尾が言った。

「遼は死なないから大丈夫。ねえ何か買って」

レイナの声で市川が言った。

「断ったら殺されるんだろ？　せっかくヤバイ仕事から生きて帰ったのに死にたくねえからな。好きなもん買えよ」

遼の声で根尾が言った。

「大好きー」

レイナの声で市川が言い、画面の中のレイナが勢いよく抱きついた。

「俺も好きだよ。金遣いが荒いところ以外はな」

遼の声で根尾が言い、画面の中の遼はレイナの背中に手を回し、しばらく二人は抱き合った。

「これからも死なないでね」

レイナの声で市川が言った。

「それはどうかな。俺も未来には行けないから分かんねえよ」

遼の声で根尾が言った。

根尾は「一時停止」を押し、市川の顔を見た。二人は無言で見つめ合った。アニメは停止したまま、市川が喋り始めた。

「ねえ、この間の政治家から一〇〇〇万くらい報酬もらったんでしょ？」

由梨が言った。隣に座る根尾の右腕に絡みついた。

「こっちは過去に行って死にかけたんだ。それくらいもらってもいいだろ」

根尾が言った。

「遼は死なないから大丈夫。ねえ何か買って」

由梨が言った。

「断ったら殺されるんだろ？　せっかくヤバイ仕事から生きて帰ったのに死にたくねえからな。好きなもん買えよ」

根尾が言った。

「大好きー」

由梨が言った。由梨が根尾に勢いよく抱きついた。

「俺も好きだよ。金遣いが荒いところ以外はな」

根尾が言った。由梨の背中に手を回し、しばらく二人は抱き合った。

「これからも死なないでね」

由梨が言った。

「それはどうかな。俺も未来には行けないから分かんねえよ」

根尾が言った。ずっとこうなることを望んでいたように、二人は抱き合っていた。

根尾が沈黙を破った。

「あれ結局何だったの？」

「え？　何が？」

「デビュー曲のタイトル。ネットで調べたら負けだと思って調べてないんだけど」

「あーあれね」由梨が根尾の耳元で思わず吹き出した。「『あの声で言って』だよ」

「あの声で言って？」

「そう。『あなたの声が大好きよ♪あの声で好きって言ってほしい♪あの声で好きって言ってほしい♪』みたいな……って恥ずかしいわ！」

「そういう意味か。『ストロベリーラブ』全然違ったわ」

「『ストロベリーガム』の方が売れたかもね」

二人はまだ抱き合っていた。笑うとお互いに体の振動が伝わった。

「私の声で、言ってほしいことある？」由梨がいたずらっぽく言った。

「うーん……じゃあ、『芸人辞めろ』って、あの声で言って」

「なんで？」

「その声で言って」

「芸人頑張れ」由梨が笑いながら言った。

「『おまえなんて芸人諦めて死ね』って言って」

「芸人諦めないで生きろ。死なないで。フフフ」

まだ抱き合っていた。

暗転

一〇月三〇日。暗転は突然訪れた。市川と桜姫が会う約束をした日の夜、多摩川の河川敷では、一人の男が泥だらけになって横たわっていた。

根尾だった。

横たわる根尾の脇に跪き、携帯電話片手に泣いている男がいた。

元相方・野尻だった。


その頃、市川は渋谷にいた。ハロウィン前の週末。街は仮装した若者であふれていた。桜姫も全力のロリータファッションで現れたが、仮装ではなく私服だ。これほど彼女が目立たない日もない。

桜姫が予約した店は「監獄居酒屋」という店だった。ボーダーの囚人服を着た店員のネームプレートに「あみ　懲役二〇年」「けんじ　懲役一〇〇年」などと書かれている。店員が囚人という設定で「けんじ」は「国会議事堂を爆破したんですよ」と懲役一〇〇年の罪状をスラスラと述べた。全員設定があるらしい。市川は、メガネの地味な中年男性の「懲役四〇〇年」の理由が気になった。

桜姫の店のチョイスは毎回、独特だった。ぶっ飛んだキャラは天然なのか。そうでないとしたら、プライベートからキャラを守る彼女のプロ意識に対し、市川は尊敬の念を抱いた。

牢屋をあしらった半個室で向かい合う二人。ほかの客の中には囚人の仮装の男もいて、まったくハロウィン感がなく溶け込んでいるのが間抜けだった。酒を飲まない市川に対し、桜姫は店に来る前から一杯引っかけて上機嫌だった。

「最近、売れてきたね」市川は屈託のない笑顔。かつての同志が売れることを素直に喜び、そこに一ミリの嫉妬もなかった。

「ホスト狂いの借金アイドルってやばいよね。でもそれで仕事が増えるんだから、この世界いつどこでチャンスが来るか分からないよ。あ、この間もテレビの収録ですっごいウケたから放送されると思う。今度見て」

「凄いね！　絶対見る。ちなみに、いま借金いくらとか聞いてもいい？」

「実は親も入れたら二〇〇〇万以上あったんだけどさ、全部返したんだ」

「え!?」

「だからここだけの話、実はね……借金アイドルのキャラは、つくってるんだけどね」

「いや、それは別にどっちでもいいんだけどさ。え？　そんなに稼いだの？　あ、まさか……」

「まさか？」

「……風俗？」

「違うわ！」

桜姫が笑いながら否定した。彼女の思考回路や行動力は常人の想像を超えているので、風俗嬢の経験すらもネタにして「清純派風俗アイドル」という唯一無二の存在として芸能界を生き抜いて行けそうなたくましさがあると、市川は本気で思っていた。

「実は彼氏がホストで、ぜーんぶ返してくれた」

「えー彼氏って元芸人の？　そんなに稼いでるんだ」

「そうそう。前に仕事したことあるって言ったじゃん。ホストクラブで客として会って、付き合うようになったの。いま歌舞伎町で結構人気ホストになっちゃってさ、自分の借金も返して、私のも返してくれたの。月に数百万とか稼いでる」

「そうなんだ」市川は頭を整理した。根尾の話では、野尻は金に困っており、コンビ再結成しないのであれば、金で動画を買い取るよう脅迫してきているということだった。

桜姫は真剣な表情になり「でもホストのこととか、お金のことを言うと怒るんだよね。あんまりいじられたくないみたい」と言った。

「なんでだろう。なんか悪いことしてるっていう後ろめたさみたいのがあるのかな？」市川は首をかしげた。

「恥ずかしいって感じかも。金がなくても芸人時代の方が良かったって、いっつも言ってるから。ライブしか仕事がなくて全然お金なくて借金してばっかでも『楽しかった』って。あの頃に戻りたいって。コンビでチケット手売りしてた頃に戻りたいって言ってる」

若手芸人のライブは、ギャラが出たとしても二〇〇〇円程度。ノーギャラやチケットノルマを課されるライブが多い。一枚一〇〇〇円のチケットをノルマとして一〇枚自分で買い取り、売り捌《さば》けなければ赤字になる。金にならないライブを月に何本もこなし、徹夜でバイトしながらネタをつくる日々。芸人もアイドルも下積みの苦労はそれほど変わらない。

市川も桜姫も、野尻の気持ちが分かった。

「なんか『ホストはむなしい』って。元々うつっぽいけど最近結構落ちてるよ。私にも『店に来るな』って言うんだから。客というかいいカモなのに、本気で付き合っちゃって、借金まで返して、店に来るなって」桜姫が早口でまくしたてた。

市川はストレートに聞いた。

「ここだけの話、今日の話は彼氏に言わないでほしいんだけど、ぶっちゃけ相方を脅迫してる話って聞いてない？」

「え？　何？」聞こえなかったのか、それとも「脅迫」というワードが意外すぎたのか、桜姫は耳にかかる髪をかき上げて聞き返した。

「元相方を脅迫してる話」

「脅迫？　ないない！　何それ？」嘘をついているとは思えないリアクションだった。

「なんかさ、彼氏がコンビのとき、三人でカラオケ行って、そこで相方の根尾君とヤッちゃったりしなかった……？　動画あるとか……」

桜姫は吹き出しそうになった唐揚げを手で抑える。赤い頬をさらに赤らめ「聞いた？　あったあった。飲みすぎてね。私も酔って、楽しくなっちゃってさ」と笑った。

「その話、付き合ってから彼氏と結構してる？」

「まったくない！　一回もしたことない。彼が相方の話をするときは『あいつはいいやつ』『あいつは面白い』『才能がある』ってただただ褒めるだけ。オチも何もないのに何回も聞かされてウザいんだけど。ハハハ。悪口を言ってるのも聞いたことないな。バスター根尾がテレビ出た後、何日か凄いテンション高かったよ。めっちゃうれしそうだった」

市川は確信した。野尻は根尾と組んでもう一度、お笑いの世界に戻りたいだけだ。コンビを再結成したくて仕方なく動画の話を持ち出しているだけ。金に困ってもいなくて、強請る気なんてさらさらない。売れていく根尾の邪魔をするのも本意ではない。溜飲が下がり、一刻も早く根尾に知らせたかった。

そのとき、市川のスマホが鳴った。画面には「吉田明美マネジャー」と表示された。

「もしもし、市川です」

その夜、吉田のケータイに根尾から着信があった。根尾の声は上ずっていた。かなり酔っているときの声だと分かった。

「もしもし……根尾です。お疲れ様です。吉田さん、すいません！」

「どうしたの？」

根尾が黙っていたので、吉田が口を開いた。

「あ、そういえば、この間言ってた小泉君って……」

「僕もう諦めます！」根尾が泣きそうな声で叫んでいた。

「諦める？」

「お笑いも才能ないし、声優も諦めます。田代さんに指導していただいたんですが、やっぱり自信ないです。毎日、犬の真似をさせられて、犬の気持ちにもなれないし、こんなに一カ月も住み込みさせてもらって、番組の関係者の方とかにも申し訳なくて……本当に……」

「ちょっと待って！　とりあえず落ち着こう。いまどこにいるの？」

「多摩川です。これから川に飛び込みます。飛び込んで死にます」

「落ち着こう！　この間行ったところね」吉田は多摩川に向かおうと、電話をスピーカーに切り替えて身支度を始めた。タクシーでどれくらいかかるだろうと考えていた。

「酒飲んでるし、もうなんか訳分かんないです！　死にます」呂律が回っていない上に嗚咽が漏れて、聞き取りづらい。電話が切れた。あの泥酔状態で川に飛び込めば、かなり危険だ。本当に死ぬかもしれない。

吉田は「落ち着け、落ち着け」と呟いた。営業の舞台前に根尾が言っていたフレーズだ。一一〇番して自殺をほのめかす知人がいることを伝え、大急ぎで外に飛び出した。

タクシーの中で市川に電話した。電話の向こうは騒がしかったが、用件が伝わると、市川もすぐに多摩川に向かうと言った。吉田は田代にも電話を掛けたが、繋がらなかった。


野尻はその夜、店を休み、多摩川をうろうろしていた。根尾の姿はなかった。以前、知らない男と話していた場所に近づいてみると、川岸の草が不自然に折れているのが見えた。ケータイのライトで照らしながら川の方へ恐る恐る入っていく。水面を見て息をのんだ。心臓が止まりそうになった。人が浮かんでいる。岸に流れ着いているようだ。思わず「うわ！」と腰を抜かし、尻もちをついた。警察を呼ぶべきか。いや、とりあえず助けよう。まだ生きているかもしれない。

岸から両手を伸ばして浮かんでいる体の脇を摑み、野球で鍛えた広背筋をフル稼働して無我夢中で引っ張った。顔を見て「え！」と声が出た。

根尾だった。

二人でつくった最後のコントは「銀河鉄道の人間失格」。溺れた太宰治を助けるカムパネルラのように、本当に相方を川から引き揚げる日が来るとは思ってもいなかった。泥まみれの根尾の左胸に金髪の頭を押し付け、心臓の音を聞こうとする。何も聞こえない。

「おい！　ヒカリ！」泣きながら呼び続けた。


あの日のことを野尻は後悔していた。二年前の同じ一〇月三〇日、コンビ解散が決まった。ファミレスでネタ作りをしているときだった。

「もう、あのキャラでいくしかねえだろ」野尻が投げやりな様子で言った。

根尾は腕を組んだまま黙っている。

「もう電子レンジマンしかないって！」野尻は畳みかけた。

当時、ベタンセスはゴールデンの人気ネタ番組に出られるかどうかの瀬戸際にいた。

その番組は、小さなライブに足を運んだりオーディションを行い、とにかくフレッシュな芸人を探していた。番組が関心を持った芸人には担当ディレクターが付き、キャラクターやネタを練り上げていくやり方だった。

オーディションを受けたベタンセスの二人は特にキャラが立っていたわけではなかったものの、初々しさがテレビマンのアンテナに引っかかったらしい。雰囲気が気に入られただけなので、ネタは番組用につくり直さなければいけなかった。

ベタンセスを担当した増田ディレクターも「何かキャラ付けないといまのネタでは厳しいな」と頭を悩ませていた。ただの「初々しい二人」を世に出してスターにしなければいけないのだから、ディレクターも相当な無理難題を押し付けられていたわけだ。

いまなら根尾が遼の物真似をしただろうが、当時はオーソドックスな漫才とコント以外に引き出しを持っていなかった。キャラの濃い芸人になってオンエアされれば、一気にブレイクする可能性はある。その番組のためにキャラどころか芸名まで変えて爆発的に売れ、その後、一発屋になった芸人も少なくなかった。

月二回ペースでテレビ局で打ち合わせがあった。増田ディレクターは「いま番組にいないキャラっていうと、『ナントカマン！』とか言ってヒーローみたいな感じのやつかなと思うけどね」と漠然としたイメージを語った。

根尾は乗り気じゃなかったが、「客席を温める電子レンジとか暖房とかですかね。電子レンジマンって言って野尻が出て行って、僕が食材とか料理を渡して物ボケみたいな一発ギャグをするっていうことですか？　そこでスベったら、僕が『温める時間が足りなかったな』とか言うイメージですかね？」と提案。その番組は小学生にも人気があったので、子供が真似したくなるキャラクターをイメージして話した。その番組には、自虐的なツッコミを入れて客席を沸かす芸人がウケる風土もあった。

「いいね。それいいね！　電子レンジマン」髭をたくわえた増田は食いついた。
「ちょっと園子、書いといて」と担当ADの横川園子に指示。スラッと足が長くスタイル抜群の横川がホワイトボードに「電子レンジマン」と書く。増田は「なんか字面もいいね」と口角を上げげた。

ほかに「エアコン兄弟」という案が出た。片仮名と漢字の組み合わせだと座りがいいらしい。「エアコンブラザーズ」は締りがないためイマイチらしい。ボケの野尻が暖房、根尾が冷房。暖房が客席を暖め、冷房は寒くするというネタ。ちょうどいい室温を保とうと二人で調整するネタ。寒すぎるのを暖めるのは分かるが、暑い、いや熱い客席をわざわざ涼しくする冷房の意味が分からない。

野尻は両案ともノリノリだった。とにかく人気番組に出たいという欲望が体中からあふれている。

根尾は「冷房」になる自分を想像しただけで、本当の寒気がしたので、消去法で「電子レンジマン」の方がマシだと思った。打ち合わせはそこで終わった。アイデアは番組プロデューサーに上げられ、プロデューサーのゴーサインが出れば、衣装や小道具を用意して収録に漕ぎつける流れだった。

翌週に打ち合わせに向かうと、会議室にいたのはADの横川だけだった。「増田さん少し遅れるみたいです」と横川。ADらしいジーンズ姿にロングTシャツ、ショートカットでスッピンに近かったが、普通の学校にいれば学年で一番の美人だろう。増田を待つ一五分ほどの間に、野尻は横川とテーブルを挟んで他愛のない話で盛り上がり、連絡先を交換していた。

「電子レンジマン結構食いつき良かったよ」

増田が部屋に入ってきた。プロデューサーに案を上げたら、好感触だったようだ。その日は具体的なネタを考える日。根尾が冷凍食品の「グラタン」「ギョーザ」「唐揚げ」などで一発ギャグを無茶振りする案を試した。

「グラタン、牛タン、オランウータン」と野尻が猿のように頭上で「M」をつくるギャグをする。「温めが足りないですね」と根尾が言い、再度グラタンでギャグを要求。どんどん電子レンジマンを追い込むという構図だ。

「万が一ギャグで爆笑を取った場合は『予想以上に温まりました。温めすぎて値札シールが焦げちゃいました』とか言うのはどうですかね」根尾が言った。

増田は顎髭を触りながら首をかしげている。

「電子レンジマンだけど、客席を温めるんだよな。これだと普通に食い物を温めることになるんじゃないの？　視聴者が混乱すんじゃねえか？」

「そうですね」根尾は否定しなかった。そもそも設定に無理があると思っていた。客席を暖めるなら暖房の方が断然分かりやすい。「エアコン兄弟」の冷房役を仰せつかる案が再浮上するのが怖かったので、黙っていた。

増田は「普通に一発ギャグをやって……」と野尻に言い、根尾を指さして「こっちが電子レンジマンの紹介とツッコミのストックをなるべく多く持っとくって感じかな。今度それで一回ネタ撮ってみる？」と話した。

ネタを撮ると言っても、番組収録ではない。動画を撮影してプロデューサーに見せるだけ。大半の芸人は収録まで辿り着けず、収録した芸人も半分はオンエアされない狭き門。まずプロデューサーが食いついただけでもディレクターの評価は上がる。増田は電子レンジマンを何とか完成させようと理詰めで会議を進めたが、笑いは理屈で考えれば考えるほど結果的につまらなくなることが多い。スパイラルに陥った打ち合わせは一時間を超えた。

レンジの「チン！」という音響をギャグの後に入れるか、前に入れるかでも議論が続いた。野尻が「グラタン、牛タン、オランウータン」のギャグを何度もやらされ、横川が「チン！」と口で言う地獄の時間が続く。「どっちがいいかな？」と増田が悩んでいる。結局「チン！」となって「シーン」となってクスクスッとなってから、根尾が何か言ってドーンと爆笑という案にまとまった。

二週間後の打ち合わせ。電子レンジマンで二分ネタを仕上げて臨んだ。根尾はファミレスのレジ脇に置いてある「チン！」と鳴るベルを持参。「チン！」と言い続ける横川を不憫に思い、自腹で買った。「園子、チンチン！　って連続で言って」と増田のセクハラに愛想笑いを返す場面を見たときは、俺たちは何をしているんだろうと虚無感に襲われた。

ギャグは電子レンジの野尻が二〇個用意したが、なぜか「グラタン、牛タン、オランウータン」が残っている。一発ギャグを二〇個考えるのは地獄だろう。二人とも漫才やコントのネタ作りが手に付かないほど、電子レンジマンに時間を割いた。

「これでいってみようか。ギャグとツッコミは放送作家にも出させるから」増田は手応えを摑んだ様子だった。

次回の打ち合わせで作家の出した案を盛り込みネタを完成させれば、ネタ撮りまで行ける状況だった。野尻は帰りの電車内で「次の打ち合わせのとき、段ボールとかで電子レンジつくっていけば、撮影してくれるんじゃない?」と言った。根尾は吊革に摑まり生返事をするだけだった。野尻は「俺がつくる」とは言わない。「つくっていけば」と言うだけだ。いつもそうだ。面倒なことは相方に押しつけようとする。

「俺、段ボールで何かつくるの苦手なんだけど」根尾が言うと「俺も別に得意じゃないよ」と野尻。根尾が「おまえの家、段ボールある? つくってくれない? ギャグは俺もつくるから」と試しに言ってみると「えー……」と予想通り嫌そうな顔を見せたので「嫌ならいいよ。俺がつくる」と言った。「手伝う」も「ありがとう」も「ごめん」も野尻の口から一切出ない。いままで気にならなかった相方の人間性の細かい部分に苛立つようになっていた。

そして、次回の打ち合わせを一週間後に控えた一〇月三〇日。

「やっぱり電子レンジマンは止めた方がいいと思う」ファミレスで根尾が言った。いまなら撤退することもできる。まだ間に合う。

「これで放送されたとして、電子レンジマンのネタしかできなくなるわけじゃん。それはきついと思うよ。名前も電子レンジマンになるかもしれないし。一発屋になるのが目に見えてる」根尾が冷静に話した。

「一発屋の何が悪いんだよ！」野尻が珍しく語気を荒げた。

「一発屋にはなりたくねえよ！」

「このままじゃゼロ発で終わるだけじゃねえか」野尻は反論を続けた。

野尻には借金があった。金融機関に二〇〇万円、ほかにも女性から一〇〇万円借りていた。合コンやクラブ通いで派手に遊ぶ日々。ライブばかりで無収入の生活が続き、精神的に追い詰められていた。

「売れるってそういうことだろ。やりたいことやってれば誰かが才能を見出して世に出してくれると思うなよ。ヒカリの考えは甘い。おまえの考えは甘いんだよ。まず売れてから、やりたいことをやればいいじゃねえかよ」

「だから！　電子レンジマンで売れたら、そのやりたいこともできなくなるんだよ！　あの番組で売れて、そのキャラしかできなくなって消える芸人が何人もいるだろ。消費されて消えていくだけだって！　それなら自分たちの漫才やって売れない方がいい。一発屋よりは、自分でつくった漫才やってるゼロ発屋の方がマシだ」当時の本音だった。

芸人は誰でも、最初は自分の笑いで突き進もうとする。いつしかやりたくないこともやらないと生き残れないと分かり、丸くなっていく。やりたいことだけをやって売れた芸人は、ひと握りの天才のみ。根尾も壁にぶつかるうちに徐々に角が取れていったが、当時は信念を曲げられなかった。

「もう、あのキャラでいくしかねえだろ……。もう電子レンジマンしかないって！」野尻は必死に説得する。話は平行線のまま。しばしの沈黙の後、腕を組んだ根尾が口を開いた。

「おまえ横川さんと飲みに行ってるだろ？」

野尻は少し間を置いて「それは別にいいじゃん。売れるためだよ。園子さんからも俺たちを推薦してもらおうと思ったんだよ」

「ヤりたいだけだろ」根尾が口を挟む。「もうヤッたのかもしれないけど」

野尻は否定しなかった。

「おまえ段ボールで電子レンジつくるの面倒くさいだけだろ？」野尻が言い返した。

「そんな訳ねえだろ！　そう思うんなら、おまえがつくれよ！　そういうの絶対やらねえもんな？　いつも俺に押しつけて。じゃあ俺が『ごめん。段ボールで電子レンジつくるの面倒くさいから、電子レンジマン止めよう』って言ったら？　どうする？」

「じゃあ、いいよ。俺がつくるよ」野尻が不機嫌そうに言った。

「最初から言えよ。自分から言えよ、俺がつくるって」

「でも……でも、普通おまえも手伝うって言うだろ」

「じゃあ手伝えよ！　おまえも！　最初から！　俺がつくるって言ったときに、手伝うって言ってねえだろ！　おまえ！　そういうの言われなきゃ分かんないんだよ、おまえは。相手の立場になることができないんだよ、おまえはそういう人間なんだよ」根尾が怒りに任せてぶちまけた。最悪の空気が流れる。野尻はドリンクバーのグラスを持って席を立った。

「俺は電子レンジマンは絶対やらない。増田さんに土下座してもいい」根尾は言い切った。

「じゃあ……解散しよう。俺は売れたい。一発屋でも売れたい。金ない生活はもう限界。このチャンス逃したら、もう一生ないと思う」野尻は野尻で視野が狭くなり、目の前のチャンスで一発当てるか芸人を辞めて安定した仕事に就くかしか選択肢がなくなっていた。

「分かった……解散しよう」根尾が言った。やり場のない怒り、悔しさを奥歯で嚙み殺した。出演が決まっているライブが終わったら解散することになった。

増田には根尾が電話で解散を伝えた。テレビ局に行って直接謝罪しようと考えたが、「来なくていい」と言われた。野尻はピンで電子レンジマンをやろうと目論んでいたが、番組側は二度と呼んでくれなかった。そして、彼は芸人を辞めた。

二ヵ月後、二人は同じ番組で元ベッツの野村が演じる電子レンジマンを見て驚いた。増田が芸人を入れ替えてオンエアまで漕ぎつけたわけだ。

野尻は就職した印刷会社をすぐに退社。コンビニ、ガソリンスタンド、居酒屋などを転々。朝起きようとしても、憂鬱な気分で布団から出られなかった。うつ病だった。

かろうじてホストだけ続いたのは、金銭的なモチベーションもあるが、それ以上に客を笑わせる楽しみがあるからだ。借金を返してからは「笑い」に対する情熱だけが野尻の拠り所だった。接客時のトークは、ベタンセスのネタで使ったり、ボツになったものの使い回しだった。「ケータイ番号の全部じゃなくていいから、下一〇桁教えて」「シャンパン入れてよ。今日誕生日なんだ、誰かの」「すげえ可愛いから芸能人に似てるって言われるでしょ。言われない？　じゃあ、一般人に似てるって言われない？」

抗うつ剤、精神安定剤、睡眠導入剤を飲んだ体で酒を飲み、記憶がなくなる。無意識で根尾に対して脅迫に近いメッセージを送っている。翌朝、酒が抜けた虚脱状態でケータイを見て後悔し、自己嫌悪でうつ状態に戻る。また酒を飲む……。

多摩川の河川敷。薄目を開いた相方に声をかけても、瞳が動くことはなかった。「おまえと解散して分かった。金じゃなかった。金がなくても二人でお笑いをやりたかった。本当に、本当に……後悔してる。ヒカリ！　ヒカリ！　もう動画なんてどうでもいいよ。いま消すから！」野尻は号泣した。ケータイを出してゴミ箱マークの「削除」ボタンで動画を消した。

「俺ゴミみたいなやつだ」

パトカーのサイレンが遠くに聞こえた。俺も川に飛び込んで死のう。重い体をゆっくりと立ち上げた。

そのとき、吉田マネジャーが走ってきた。

「あなた相方の……それ根尾君？　大丈夫なの？　ねえ！」吉田は根尾に駆け寄り、膝を突いて体をゆすった。スーツ姿ではなく、ジャージにウインドブレイカーを羽織って急いで現場に駆け付け、黒髪は乱れていた。

吉田は慌てて救急車を呼ぶと、狼狽する野尻を押し退けて根尾の左胸に耳を押し当てた。心臓の音がかすかに届いた気がした。

「根尾君！　ねえ、生きてる？」と呼び掛けた。反応は返ってこない。呼吸をしていないように見えた。

しばらくして市川も現れた。

「嘘でしょ。根尾君まさか死なないよね！　死なないでって言ったよね」市川由梨の地声が虚しく響いた。彼女は泥だらけの遺体に顔をうずめて泣いた。根尾の体を起して抱きしめた。

「根尾君、嘘でしょ。ゾンビの仮装してるだけでしょ？　ハロウィンだしね。見てよ、私も泥だらけになってるからさ。いまから二人で渋谷行こうよ。楽しいから！　死なないで！」

市川の顔は泥だらけだ。カレーのルーを一滴もつけたことのない洋服もビチャビチャだ。

「市川さん！　警察も救急車も呼んだから！　落ち着いて」吉田は涙ぐみ、市川の両肩に手を置いた。

野尻は立ち尽くしている。

そのとき、吉田が大声を上げた。

「息してる！」

彼女は根尾の顔に自分の顔を近づけた。アルコール臭が鼻をかすめた。吉田と市川が固唾をのんで根尾の顔を見る。ほんの一瞬の静寂に二人の息が詰まる。

すると突然、根尾が苦悶の表情で咳込んだ。

「根尾君！」

二人が同時に声を上げた。野尻もしゃがみ込んで根尾の顔を覗いた。

ゲホッと音を立て根尾の口からどす黒い液体が噴き出した。彼の肩を抱く市川の服に泥水のような吐瀉物がかかる。彼女は嫌がる素振りも見せず「よかったー」と根尾の肩に顔を埋めて泣いた。

根尾はしばらく犬のように四つん這いになり、肩を揺らして吐き続けた。こみ上げる異物が収まる度に何か言いたげに上目遣いになったが、またすぐにゲホゲホと、涙目の犬は口からドロを吐き続けた。

冬の接近を予感させる寒風が、枯れかけた草を揺らしていた。

ようやく根尾が落ち着きを取り戻した頃、パトカーと救急車が河原に続く坂を降りてきた。

「大丈夫?」と吉田が声を掛けた。

「はい……大丈夫です」根尾は呼吸を整えながら立ち上がり「すいません」と頭を下げた。

「ヒカリ……」

野尻は絞り出すような声を出したが、その先の言葉が続かなかった。

市川は嗚咽を漏らしていた。

おもむろに吉田が口を開いた。

「根尾君……自殺しようとして飛び込んだの?」

「自殺!?」

根尾よりも早く市川が甲高い声を上げ、目を見開いた。

根尾は何も言わない。見兼ねた吉田が続けた。

「もう死にますって私に電話くれたよね？　もう自信ないです、諦めます、死にますって。酔ってるんだろうけど、私も市川さんも心配して……」と声を詰まらせた。

「電話？　俺が自殺……」根尾はそう呟き、吉田、市川、野尻を見た。眉間に皺を寄せ、必死で頭を巡らせている。重い口を開いた。

「そうですね」根尾は開き直ったかのように妙に晴れやかな表情を浮かべ「この仕事をやっていく自信がなくなったので、つぶれるまで酒を飲んで、川に飛び込んで、死のうと思いました。すいませんでした」

根尾はコントのセリフのように淡々と言い切ると、肩を揺らして呼吸を整えた。

彼の視線は元相方の顔で止まっていた。

「おまえ、なんでここに？」と目を丸くした。

「いや、俺はたまたまここに来たら、川の中に人がいるのが見えて……」

「おまえが助けてくれたのか？　悪いな」

「いや、俺は今までおまえにひどいことしてきたから……」と野尻はバツが悪そうに俯いた。

「根尾君の相方さんでしょ？」市川が野尻の顔を覗き込み「あなた根尾君のことを脅してきたけど、本当は根尾君のこと大好きなんでしょ？　また一緒にやりたいだけなんでしょ？」

「え？　野尻……」と根尾は驚いて相方を見る。

「脅してたって……」と吉田が心配そうに呟いた。

市川が続けた。

「根尾君、聞いて。桜姫と話したんだけど、彼は根尾君の悪口を言ったこともないって。一回もないって」

「野尻……」

「ヒカリ、ごめん！　まさかおまえ、俺のせいで自殺しようとしたんじゃ……」

「違うよ！　そんなわけねえだろ」根尾は苦笑した。

パトカーと救急車が到着し、四人が赤い光に照らされた。駆けつけた警察に根尾は平謝り。悪ノリで自殺を装い川に飛び込み、友人を驚かせようとしたら通報されてしまったと主張した。吉田もマネジャーとして穏便に済ませようと必死で頭を下げ、なんとか警察署に連行されるような事態を回避した。

再び暗闇が降りる。時刻を確認する吉田のスマホ画面が光る。

「吉田さん」根尾の声には明確な意思が込められていた。「すいませんでした。今回のお仕事は、申し訳ありませんが、お断りさせてください！」

「え？　ちなみに、田代さんは知らないんだよね？　飛び込む前に電話したりしてないんだよね？」吉田は戸惑っていた。

「田代さんは……知らないです」と言い切った。

全身ずぶ濡れの根尾の姿は、誰よりもリアルなゾンビのコスプレのようになっている。冷たい夜風が全身を刺した。

「震えてるけど大丈夫？　それじゃ寒いに決まってるじゃん」と市川が呆れ顔で言った。

「大丈夫です。武者震いです」と根尾は笑った。どこか吹っ切れたように。

「とりあえず、シャワー浴びて着替えないとね」吉田の声はマネジャーに戻っていた。

吉田は田代に何度も電話を掛けた。ようやく繋がり、事情を説明し、マネジャーとして謝罪した。

根尾は田代の家には戻らなかった。


翌一〇月三一日。根尾は田代に電話した。

「すいません。一カ月お世話になって本当に申し訳ないんですが、声優は、できません。今回の話はなかったことにしてください。本当にすいませんでした」

「そうか……」

丸氷がカランカランと泳ぐ音が、根尾の耳に届いた。

「ごめんな」

「いえ、僕が悪いんです。すいません」

「いろいろ無理言って、悪かったね。昨日、吉田さんから電話もらって、安心したよ。無事でよかったよ。命が助かって、本当によかった」

「お世話になりました」

「お笑いは辞めないんでしょ？」

「それは……あの……辞めます」根尾は声を震わせた。

「そうか……」田代は深く息をついた。

「お世話になりました」

告白

一一月初旬。田代は川崎市内のマンションを訪れた。一人息子の光星《こうせい》の家に向かった。スポーツ用品店で働き一人暮らしをしている光星は、上下ジャージ姿で田代を部屋に招き入れた。父子で会うのは正月以来。雑談が続いた。

「でさ、あの根尾が多摩川で自殺未遂した事件あっただろ？　うちに住み込んで声優の修業をしていたっていうやつ」田代は本題に入った「あれ自殺未遂じゃないんだよ」

「え……そうなの？」

「おまえには本当のことを言うよ」


一〇月三〇日。住み込み最終日の前日。田代はテーブルを挟んで座る根尾に話した。

「根尾君も明日で終わりか。早いね」

「そうですね」

「でさ、単刀直入に言うと、やっぱり芸人は諦めた方がいいよ」

根尾は何も言わず下を向いた。ここ数日、直接的な表現は少ないが、何度も同じ趣旨のことを言われてきた。

「声優一本でやった方がいい。芸人の夢は諦めて、俺の後を継いでくれ。声優で食っていけることは俺が保証する」田代は強く言い切った。

根尾が重い口を開いた。

「声優のお話をいただいたことは、本当にありがたいんですけど、やっぱり、ずっと芸人になって売れるのが夢だったので、諦めたくないです。すいません」と頭を下げた。

「夢が叶うやつなんて、ほとんどいないんだよ！　何がやりたいかより、何ができるかを考える時期なんじゃないか？　俺なりに根尾君の笑いのセンスも見てきたつもりだけど、厳しいようだけど、売れるのは難しいと思うよ。この一カ月で自信なくすこともあっただろ？」

「それはありました」

「芸人の夢は諦めな。諦めるための一カ月だったと思えばいい。再スタートを切るための助走期間だった。それでいいだろ？　最初にバスターの芸名について二ストライクに追い込まれてるって聞いたとき言っただろ？　まだカウント一——一だって。狙い球を絞ってフルスイングできるって。狙い球を絞るっていうのは、そういうことなんだよ。声優に絞れっていうことだったんだよ」

「お笑いは諦めたくないです。すいません」

「じゃあ、もし芸人続けるなら声優の話がなくなるって言ったら?」田代は根尾の顔を覗き込んだ。

「それは……」根尾は言葉に詰まった。下唇をかんだ。「声優の話がなくなるのは残念ですが、仕方ないです。それでも芸人を続けたいです」と絞り出した。

「田代さんは、どうしてそんなに僕に芸人を辞めさせようとするんですか? 声優と両立できないという話なら分かるんですが、最初は芸人やりながらできるっておっしゃっていたじゃないですか。自分はまだまだなのは分かってますが、なんで田代さんが、声優ではなく芸人の僕に対してそこまでダメ出しされるのか、正直、分からないんです」

田代は両手を後頭部で組んで天井を見上げてから「そうか」と立ち上がった。冷蔵庫を開け、ビニール袋に何かを詰めている。

「ちょっと今夜は、いつもの河川敷で飲まないか?」

気分を変えたいのだろう。根尾は直感的にそう思った。

持っている半透明の袋の中に超ストロングチューハイが入っているのが見えた。常に冷蔵庫でも何本か冷やしてある。落ち込んでいた根尾も腰を上げた。話はまだ終わっていない。これから何を言われるかと思うと、憂鬱で仕方なかった。

酒が飲みたくなった。

午後六時、すっかり日が落ちて暗くなっていた。日に日に日照時間が短くなる。夜気に晒されて冷えきった缶を開ける。プシュッという音が闇に溶け込んでいく。二人とも無言で飲み始めた。根尾が一本飲み干すと、すぐに田代が二本目を渡した。空き缶を芝の上に置き、二本目を受け取った。缶の冷たさが指に伝わった。

田代も一缶目をグッと飲み干し、語った。

「前に大学の野球部の話をしたことあったよな？」

根尾は意外な話題を持ち出され、目を丸くした。必死に頭を回転させた。

「あのとき、回文が得意な一年生の話をしてたよな？」

「あー小泉ですよね？」

「そうだよ。小泉光星だよ」

「え、なんで名前も知ってるんですか？」

「俺の息子なんだよ」

「え！」根尾は言葉を失う。缶の冷たさが全身を駆け巡る。

「一本足打法で常に右手にバットを持っていた変わり者だっていうあいつな。ケガをして大学を辞めちゃったっていうあいつだよ」

田代がゆっくり近づいてくる。

「俺のいまの名前は田代栄治だけど、二十代で結婚した時は食えない役者だったからカミさんの家に住ませてもらって、名字もカミさんの『小泉』に変えたんだ。息子は小泉光星だよ。食えないとはいえ、劇団でちょこちょこ舞台に上がってたから芸名は変えたくなくて、田代のままにしてたんだ。本名非公表でな。三年前に嫁が死んで、芸名と同じにしようと思って本名も田代に戻した。あいつが、光星が、野球部を辞めたときのことは覚えてるよな？」田代は腹の底から湧いた「地声」で言い、根尾を睨みつけた。

大学三年の春。一発芸大会が不発に終わった根尾は、小泉のことが何かと気に食わなくなっていた。宴会芸では完敗。小泉は野球でも春季オープン戦のデビュー戦で代打本塁打を放つなど頭角を現した。打力は既に負けている。ショートの定位置を脅かされていた。

根尾の酒量が一気に増えたのは、この頃だ。飲み慣れていなかった大学時代は特に酔うと感情を制御できなくなり、普段の穏やかな性格からは想像できないほど狂暴になった。

ある夜。ベロベロで寮のトイレに向かう途中、素振りから戻ってくる小泉と出くわした。協調性がないのは入寮当初から鼻についた。指導者のアドバイスに耳を傾ける様子もなく、極端な一本足打法を貫く姿勢が生意気でもあった。

「おまえ寮でバット持つのやめろよ！　あぶねえんだよ！」根尾が怒鳴りつけた。

ところが、小泉は涼しい顔で言った。

「大丈夫です。危なくないように持ちますから」

その言い方が癪に障り、根尾の頭に血が上る。「てめえ！」と胸ぐらを摑んで引きずり回し、馬乗りで首を絞め、何発も平手打ち。暴れまくった。駆けつけたチームメイトに止められたが、あと少し止めるのが遅ければ小泉のバットを摑むところだった。あわや大惨事。それでも、翌朝には記憶に残っておらず、頭には二日酔いの不快感だけが残っていた。

何度か絡まれた小泉は、根尾の前でバットを持たなくなった。自室や、根尾が不在のときはバットを握っていたが、常に根尾の影がちらつき、平常心でいられなかった。バットを持たない時間が増えたことで「右手の感覚が鈍る」という自己暗示にもかかり、打撃の調子を落としていった。外角に逃げる変化球を右手で拾うことができず、泳いで引っかけてしまう凡打が増えた。焦れば焦るほど余計な力が入り、打撃を崩した。プロを目指して大学に入ったのに、いつしか野球に集中できなくなっている自分が腹立たしかった。

相談相手もいなかった。告げ口をしたら、また殴られる。何よりプライドが許さなかった。高校まで野球で挫折を味わったことはなく、劣等感も感じたことがない。「先輩にいじめられている」「先輩が怖い」と誰かに泣きつくのが恥ずかしくて、情けなくて、どうしてもできなかった。

大学まで入れてくれた親にも申し訳ない気持ちでいっぱいだった。心配掛けないよう「毎日充実している」「野球に集中できる」「先輩に可愛がってもらっている」と嘘をついた。

根尾の酒癖は日増しに悪くなった。小泉は秋季リーグ戦が始まる九月までの半年間、歯を食いしばって耐え続けた。

しかし、事件が起こった。

寮で飼っていた土佐犬の世話は一年生の仕事だった。エサ係と散歩係を決め、交代で面倒を見ていた。小泉がエサ係の日。ドッグフードと水の皿を、右手に持ったバットの先で押して土佐犬の前に押し込んだ。ワンバウンドしそうな低めの球を打つイメージだった。

不運にも、それを泥酔状態の根尾に目撃された。

「おまえ何やってんだよ！　なめてんだろ！」と怒鳴られ、思わずバットを落とし直立不動になった。木製バットが落ちる音に土佐犬がビクッと反応して両脚に力を入れた。

「すいません」

「土佐犬の飼育はうちの野球部の伝統なんだよ！　何バットでエサやってんだよ。おめえ伝統をなめてんだろ」根尾は右手に缶チューハイを持っている。

「いいえ。すいません」

「土下座しろ！」

小泉は土下座で謝った。

「犬にも土下座しろよ！」根尾は怒鳴りつけた。

小泉は土佐犬に向かって土下座した。根尾は後輩の姿勢を見て「そのまま土佐犬の真似しろよ。ほら、四つん這いで吠えてみろ」と半笑いで命令した。悪意はなく、ただの悪ノリだった。小泉は根尾を見上げた。根尾は「何だ！　その目つきは」と拳を振り上げて殴る構えを見せた。小泉は仕方なく四つん這いのまま「ワンワン」と蚊の鳴くような声で言った。エサを食べている犬に近づくのは危険だと念を押されてきたが、根尾がフラフラしながら、尻を靴底で押して犬に近づけようとしている。両手で踏ん張って必死でこらえた。明日には何事もなかったかのように、温厚な先輩に戻って一年生にアドバイスを送るのだろう。こんな屈辱と恐怖は味わったことがない。

小泉は生まれて初めて「野球を辞めたい」と思った。

根尾が左手に持つコンビニの袋には、サンドイッチが入っていた。

「おい！　おまえ罰として、これを咥えて土佐犬に近づけ」サンドイッチを小泉に見せた。

「それは本当に無理です。危険なので。許してください」

小泉は根尾を睨みつけた。もう辞めたい。プロ野球選手の夢は諦めよう。

親父に申し訳ない。

土佐犬が根尾の持つサンドイッチに飛びつこうとしたので、二人とも反射的に逃げた。

「おまえ、俺が噛まれるところだったじゃねえかよ」根尾は小泉の胸ぐらを掴み、サンドイッチを口に入れた。

地獄だ。

そのまま土佐犬の方を向いた瞬間、犬がサンドイッチ目がけて飛びついてきた。とっさに顔を左によけて右手で防御した。前腕に激痛が走る。犬の牙が右肘付近に食い込んだ。「あー！」と呻き声を上げて転げ回る。肉がえぐれて、骨がむき出しになった。痛みと恐怖で転げ回った。白いベースボールTシャツは血まみれ。もう、今すぐ辞めよう。夢を諦めた瞬間、目の前が真っ暗になった。脂汗をかきながら痛みに耐え、涙を流した。

「おい！　大丈夫かよ」

根尾は青ざめた。コンビニの袋を捨て、土佐犬の胴に後ろからタックルするように飛びついた。犬を小泉から引き離すと、今度は土佐犬が転がって自分の上に覆いかぶさった。反射的に顔を隠すと、左手の指を噛まれた。

「痛え！　ちょっとやめろ！」

根尾は右手で何とか土佐犬の顔を押さえつけ、ヘッドスライディングするように土佐犬の届かない距離へ逃げた。左手から血がしたたっていたが、出血の勢いの割に痛みは感じなかった。酔いが一気に醒めたようでもあり、酔いが一気に回ったような感覚もある。全身が熱くなり、鼓動が激しくなった。

ふと小泉に目を遣ると、右腕を押さえて黙って痛みに耐えている。慌てて彼の元に駆け寄り、声を掛けた。

「おい、大丈夫かよ？　ごめんな、ちょっとノリで言ってみただけなんだよ、マジでごめんな。おい！　小泉が犬に噛まれた！　誰か救急車呼んでくれ！」と寮の方へ大声を出した。

「早く！　救急車。小泉が思いっきり噛まれた！」

小泉の顔を覗き込むように声を掛けようとした瞬間、噛まれて骨がむき出しになった患部が目に入る。真っ赤な肉に白い骨。内臓から逆流する吐瀉物を慌てて押さえるが、間に合わず、小泉の背中にぶちまけてしまった。

「わりい、わざとじゃねえんだ……うっうおえっ」第二波のゲロが小泉の肩口に掛かった。

「本当ごめん。全部俺のせいだ。ごめんな。俺が責任取る。マジでごめん……ゲホッ」

小泉は動かなくなり、黙って地面に額をつけていた。もう限界だ。二人三脚で夢を追ってきた父親の顔が脳裏に浮かんだ。

根尾はその晩、目の当たりにした光景を忘れるために、さらに酒を浴びるように飲んだ。アルコールの力でも忘れることはできなかった。眠れなかった。

その事件がトラウマとなり、根尾は大型犬を見ると尻込みするようになった。田代の家でゴールデンレトリバーを見たときも、フラッシュバックして冷や汗が出た。

小泉は手術を受けた。部長や監督には「不注意で食べ物を持ったまま土佐犬に近づいて、噛まれてしまった。右肘に大ケガをして投げられなくなった」と説明し、根尾の名前は出さなかった。

根尾は部員には正直に話した。後日、小泉を寮の近くの喫茶店に呼び出し、たばこ臭い店内で話し合った。二人ともアイスコーヒーにはほとんど口をつけなかった。

「今まで本当ごめん。俺から監督に説明して、処分も受けるからさ」根尾は頭を下げた。

「いや、絶対に言わないでください。自分の不注意で噛まれたことになっているんで」

「いや、それじゃ申し訳ない。病院代も出すから……」

「もう辞めるので！　辞めるから、もう関係ないですから」小泉は素っ気なかった。野球への情熱は消え失せたように見え、覇気が感じられなかった。

小泉は「もう関係ない」と言ったものの、許してはいなかった。謝罪を受けたという既成事実ができるのを拒否した。謝罪を受け入れたら、収束へ向かってしまう。一生許さないために、根尾の謝罪を一切相手にしなかった。謝罪で罪が軽くなるような気がして、それが嫌で仕方なかった。許すどころか炎に薪をくべるように怒りを絶やさなかった。

小泉の右肘にボールを投げられないほどのダメージはなかったが、辞める理由を探し「もう投げられない」と言って退部した。部員一人一人に挨拶して回った。根尾以外の全員に。

もはや大学にも目標がなくなったので、そのまま退学した。

父・栄治には電話で退部の真実を包み隠さず打ち明けた。自分がプロ野球選手になるのは父の夢でもあったから、本当のことを話した。

「根尾光っていうやつにやられた。あいつを殺したい」

どの声優でも出せないような怒りに満ちた声で語った。


多摩川の風は冷たかった。根尾の表情は引きつっていた。田代は話を続けた。

「あいつは俺だけに話した。なぜ野球を辞めたか。何をされたか。いじめられたことなくて、免疫もなかったんだよな。当然、俺は息子をいじめた人間を許せなかった。ただな、あいつは絶対に事件を表沙汰にはしないでくれって言ったんだよ」

田代は下を向いた根尾から視線を逸らさなかった。

「なんでか分かる？　部内暴力がバレたら、大学に迷惑がかかるっていうのがひとつ。もうひとつ、一番の理由は、『恥ずかしいから』だよ。死んでも叶えようとしていたプロ野球選手という夢を諦める理由が『いじめ』では恥ずかしい、情けない、絶対に言いたくないって。それで波風立てないように辞めたんだよ。あいつが夢を諦めた瞬間の気持ち分かる？」

根尾は何も言えない。

閃光のように、初めて市川と交わした会話を思い出した。田代の真似をして電話に出た時、彼女は「野球」と「許せない」という言葉を吐いたのだ。

「うちの玄関にも壁にも何も飾ってないだろ？　昔は息子の写真とか、王さんのポスターとか飾ってたんだよ。あいつが少年野球でもらったメダルとか。全部外した。あいつの打ち方、一本足打法だったよな？　あれは小学生のとき、俺が教えたんだ。俺は野球選手の形態模写でショーパブ出てたから、王貞治の物真似が得意だった。俺の真似を叩き込んだんだ。骨格とか関節とかは人それぞれ違うから実際にボールを打とうとすると同じ打ち方にはならなかったけど、一本足打法はずっと続けたんだ」

根尾は田代がＯＮの真似をしていたという話を思い出し、ゾッとした。

「『投手が足を上げたら自分も足を上げて、投手が足を下ろしたら自分も下ろす』というタイミングの取り方を教えたのも俺だ。世界のホームラン王を目指すくらいの気持ちでやってほしかった。あと右手で常にバットを持ってたっていう話あっただろ？　トーク番組で使えって言った女子マネジャーとの初体験の話。あれも実家で起こった実話だよ。全裸で『本物のバットは挿入しないから』って言ったのも本当だ。興奮したのか力が入りすぎて電気スタンドを破壊した。バカなやつだよ」

田代も声優の仕事が軌道に乗った頃、役者の夢を諦めていた。夢を諦めるのにもエネルギーがいる。息子の気持ちが分かった。ましてや、屈辱的な諦め方だったのだ。

根尾光という名前は忘れなかった。珍しい名字なので余計頭に残った。大学のサイトの選手紹介をチェックした。リーグ戦の結果も気にかけ、根尾が四年まで遊撃手として活躍したのも知っている。

そして今年八月。テレビから聞こえた「バスター根尾」という名前に体が反応。見慣れた名字と野球用語の組み合わせ。間違いない。思わず洗い物の手を止め、画面に釘づけになった。ネタをしていた芸人は、紛れもなくあの男だった。華やかな舞台で照明を浴び、生き生きとしている姿が憎かった。しかも自分が声を担当するタイムトラベラー達を演じている。ネタの内容は頭に入らなかった。怒りで震える両手の指先から、食器洗剤の泡がポタポタと垂れた。

「俺はバスター根尾が優勝して夢を叶えちゃうんじゃないかと思ってさ、焦ったよ。自分だけ夢叶えるなんて、世の中おかしいと思うだろ。優勝しなかったけど、このままブレイクしちゃったらどうする？　息子の夢はどうなる？　あのバッティングを見たら分かるだろ？　絶対にプロには入れなかったとは言い切れないだろ？」

「はい……プロに行けたと思います……」根尾は声を震わせた。

「じゃあ、僕にも夢を諦めさせるために声優のオファーをしたんですか？」

「そうだよ！　もちろん誰かに声優を引き継ぎたいという思いは前々からあったから、それに最適な人間を見つけたというのもあった。本気で声優をやってほしかった。それで芸人の夢を諦めて声優一本にしてやろうとしたんだよ。諦めるつらさを思い知らせてやろうとしたんだ。ちょうどいいタイミングだと思って、シナリオを練ったんだよ」

根尾は茫然としていた。田代の怒りのオーラに圧倒された。

「犬の真似もさせただろ？　どうだった？　しんどかった？　うちの息子はそのまま土佐犬に噛まれたんだぜ。それに比べたら、ブルの真似なんてたいしたことないだろ。おまえは諦めなければいけないんだよ。芸人を辞めて責任を取れ！」

風が吹き抜け、ビニール袋がシャカシャカ音を立てた。

「すいませんでした！」根尾は体を直角に折り曲げて叫んだ。そのまま土下座になり「すいませんでした！」と繰り返し「酒を飲むと記憶がなくなるんです。あのときも凄く酔っていました。もう二度と酒は飲みません」と泣きじゃくった。

そして、田代を見上げ「小泉には……息子さんには、直接謝ります」と話した。

「だけど……」

「だけど？」

「芸人だけは続けさせてください！　お願いします！」芝に坊主頭がめり込むような土下座を見せた。

「まだ言うか」田代は呆れたように言った。「そのまま犬の真似しろよ」

「え……」再び田代を見上げる。

「四つん這いで吠えてみろよ。犬の真似練習してきただろ」

根尾は犬の真似を始めた。「ワンワン」と蚊の鳴くような声で言った。

「ブルはそんな鳴き声だったか？　ブルになりきってやってくれよ。一カ月、教えてきたことは何だったんだよ」と言い、田代は缶チューハイを根尾に渡した。

「まあ、とりあえず飲みなよ。一気に飲みな」

田代は根尾がアルコール依存症だと分かっていた。家のチューハイを勝手に毎日飲んでいるのも知っていた。段ボールから缶チューハイが異様な早さで減っている。

根尾は勢いよく飲み始めた。混濁した意識を酒で紛らわす。酒にすがる弱い自分から目をそむけるために、酒をあおる毎日。「超ストロング」五〇〇ミリ缶を初めて一気飲みし、ブルの真似を始めた。ガクンと首が折れ、四足歩行でも千鳥足でフラついた。「俺なんて、もう、どうなってもいいや」と根尾は自分を殺したくなった。

「俺ゴミみたいなやつだ」

酔った自分が大嫌いで、その自己嫌悪を消すために酒を飲む悪循環。

「そのまま川の方へ近づいてみろ。草むらに土佐犬が隠れているかもしれないよ」

根尾には田代の命令に逆らう気力も残っていなかった。意識が朦朧としている。四つん這いの頭より高く伸びた草の中に分け入っていった。後ろから尻を蹴られ、頭から前につんのめった。

田代は、根尾の後ろポケットのケータイを見た瞬間、悪魔の囁きを聞いた。衝動的に根尾のケータイを抜き取る。酩酊した犬は気づいていない。もう一発蹴りを入れた。

「これ以上行くと……川に落ちます」

根尾はもはや、落ちてもいいかという気持ちになってきた。

「じゃあ芸人を諦めろ」

「嫌です」

なぜ即答したのか自分でも分からない。無意識に言葉が飛び出した。

「犬かきで向こう岸まで行ったら『笑わせる話』出られるよ」

田代はブーツのソールで押し込むように、力いっぱい尻を蹴った。ほとんど抵抗する力を感じることなく、大型犬は頭から川に落ちて行った。少年野球のユニホームを着た息子の顔が頭に浮かび、視界が滲んだ。

アルコール度数一五％のチューハイ一気飲みのダメージは田代にも分かる。根尾はもうほとんど意識がないはずだ。暗闇で目を凝らすと、根尾はそのまま水中から顔を出すことはなく、動かなくなったように見えた。

すぐに根尾のケータイを操作し、ロックを外した。形態模写のプロでもある田代は、他人のちょっとした仕草まで細かく観察する癖があった。電車で向かいの席に座った人が髪を触ったり耳を掻いたりすれば瞬時にインプットし、真似することができた。共同生活をする根尾がケータイのロックを外す姿は何度も見ている。数字ではなく、親指の動きでパスワードを覚えていた。

着信履歴を開き、吉田に電話をかけた。呼び出し音が鳴った。

「もしもし」吉田が出た。田代の全身が震えた。

「もしもし。根尾です。お疲れ様です。吉田さん、すいません！」

「どうしたの？　何かあったの？　……あ、そういえば、この間言ってた小泉君って……」

「僕もう諦めます！」酒を飲み、さらに号泣している根尾を完璧に演じた。

「諦める？」

「お笑いも才能ないし、声優も諦めます。田代さんに指導していただいたんですが、やっぱり自信ないです。毎日、犬の真似をさせられて、犬の気持ちにもなれないし、こんなに一カ月も住み込みさせてもらって、番組の関係者の方とかにも申し訳なくて……本当に……」田代は実際に涙を流していた。電話では判別できないくらい声が似ている上に、一カ月一緒に生活し、根尾の声の特徴、息継ぎ、言葉のチョイス、性格、完璧に頭に入っていた。

「ちょっと待って！　とりあえず落ち着こう。いまどこにいるの？」吉田が焦っていた。

「多摩川です。これから川に飛び込みます。飛び込んで死にます」

「落ち着こう！　この間行ったところね」

田代には「この間行ったところ」の意味が分からなかったが、この場所を知っているのだろうと思った。事務所のＳＮＳに上がっていた根尾の練習動画は吉田が撮影したに違いない。

　適当に話を切り上げた。

「酒飲んでるし、もうなんか訳分かんないです！　死にます」と電話を切った。指紋を拭き取り、一度はケータイを草むらに捨てたが、拾い直して根尾が浮かぶ川へ投げ込んだ。根尾が飲んだチューハイの空き缶を拾い「やっちまった……」と漏らした。

　時計を見ると、六時五〇分だった。

「ここに来てから五〇分か。一時間以内に〝過去〟の仕事を片付けて〝現在〟に戻るってわけか」と遼の声で言いながら、足早に現場を後にした。苦笑いが漏れた。


「俺は殺そうとしたんだ」

　田代は目の前の光星にすべてを話した。

　光星は狼狽し、言葉を失った。口を押さえた右手が小刻みに震えている。

「マジで……殺してたかもしれないんだ？」

「おう、俺が川に落として、酔っ払ってたから、相方が助けなければ、そのまま溺れて死んでたと思う。助かってよかったよな。どうかしてたよ。彼も俺にやられたとは言わなかったんだよ」

「いや、ちょっと信じられない……」

光星はおもむろに立ち上がり、頭を掻きむしった。そして田代に背を向けるように壁に右手をついて、下を向いて頭を整理した。

「実はさ……」光星の声はかれていた。「実は、あの、実はさ、親父が殺しそうな気がしてたんだよ」と振り返った。目が泳いでいた。

「なんで？」田代が驚いて聞き返した。

「いや、だって『田代殺した』って回文になってんだろ？　すぐに頭に浮かんだから」

「おまえ……変わってないよな」

力なく吐き出された田代の言葉が、宙に浮かんだ。

光星が野球を始めた小学生の頃、実家のリビングには巨人・王貞治の一本足打法のポスターが貼られていた。現役時代を知らないが、その美しい打ち方に憧れた。王貞治がホームランの世界記録を持っていると知ると「僕も王選手みたいになりたい！」とプロ野球選手を目標に掲げた。

「俺は王選手の真似が得意なんだ。教えてやる」父はプラスチック製のバットを握り、ポスターの下で王選手そっくりの一本足になった。「こうやって、足を上げて、こう振るんだ！」とスイングを見せた。

光星は毎晩、父と二人で一本足打法の練習をした。カーテンを開けると窓ガラスに鏡のように父と自分の姿が映った。父の真似をして一本足でバランスを取り、二人でピタッと静止。父に合わせて、おもちゃのバットを振る。左打ちで練習すると、鏡の中の自分は右打ちになるのが不思議だった。窓に映ったナイター中継を見ても、選手の投打が左右逆になるのが面白かった。左右は逆なのに、なぜ上下は逆にならないのか不思議だった。

鏡に映すと当然、文字も逆さまになる。横書きで書かれた「カレンダー」の文字はガラスの中で「ーダンレカ」になっていた。自分の打撃フォームをつくりながら逆さまの世界を見続けるうちに、言葉を瞬時に逆から読めるようになっていった。それが自然と回文をつくる特技に繋がった。

父は少年時代の光星に言った。

「いいか。ピッチャーが足を上げるのを見たら、自分も足を上げて一本足で待つんだ。それから、ピッチャーが上げた足を地面に着いたのを見てから、自分も足を着いてバットを振る！　これが一本足打法だからな」

「うん。分かった」

「ピッチャーは必ず足を上げて、必ず足を着いてから投げる。どんな投げ方のピッチャーでも、足を上げたままでは投げないだろ？　足を見てタイミングを合わせればいいんだ」

投手役の父と対峙し一本足打法でタイミングを合わせる練習もした。公園に行けば、父は足をゆっくり上げたり、クイックモーションで投げたり、横手、下手、右投げ、左投げとあらゆる投げ方でボールを投げてくれた。光星は父の足に神経を集中し、遠くへ飛ばそうと力いっぱいバットを振り続けた。一本足打法でホームラン王になる！　少年の夢が明確に設定された。前を歩く人の足を見て、上げ下げのタイミングを合わせる癖も身についた。

神奈川の公立校に通った高校時代は、まだ体が出来上がっていなかったものの、通算三九本塁打を放った。練習試合を含む本塁打は父がすべて記録し、数えていた。五〇メートル走は六秒二の俊足、遠投は一〇〇メートルの強肩だった。プロ入りした甲子園球児と比べても遜色ないほどに成長していた。上のレベルで体をつくってから堂々とプロ入りしようと考え、高校では「プロ志望届」を提出せず、野球推薦で大学に進学。四年後に必ずプロに行ってみせると父子で固い約束を交わした。

田代は鞄の中から一枚の紙を取り出した。

「バスター根尾のマネジャーの吉田さんはアマ野球に異常に詳しいんだけどさ、この間、これ持って訪ねてきたよ」

新聞記事の拡大コピーだった。光星が湘南栄高校三年夏の神奈川大会二回戦。優勝した横浜翼に一－七で敗れた試合の記事だった。その夏の甲子園でも優勝した強豪私立・横浜翼を相手に、湘南栄が奪った一点は、光星が右翼場外へ放ったソロ本塁打だった。

「懐かしいな。勝又の一四八キロの真っすぐ打ったんだよな。タイミングがドンピシャだったな。俺、始動が早いから」光星は記事に目を通し、頬を緩めた。

横浜翼のエース勝又は当時、最速一五〇キロを誇る全国屈指の左投手だった。現在はプロで活躍している。光星の背後の壁に掲げられたカレンダーの一一月の写真は、くしくも勝又だった。その剛腕からマークした高校通算三九号を、地元・神奈川の新聞だけが小さな記事にしていた。吉田が文章中に丁寧に蛍光ペンで線を引いた箇所がある。

六回には小泉が右翼場外へ高校通算三九号ソロ本塁打。最後の夏は終わったが、優勝候補に一矢報いた主砲は「勝又君から本塁打を打てたことは自信になる。大学で野球を続けて、プロを目指したい。ホームランボールは両親に渡す」と、観戦した父・栄治さん、母・美智子さんへのプレゼントを手に満足感も見せた

吉田は田代らと焼き肉に行った日、帰宅後に当時の大学野球の名鑑を見て「小泉」の出身校が湘南栄と分かり、横浜翼戦を球場で生観戦したことを思い出していた。横浜翼・勝又が目当てでスタジアムに足を運んだが、光星の本塁打に目を奪われた。球場がどよめき、左腕を視察に訪れたプロのスカウトが、手帳を開いて何やら話しているのが見えた。

甲子園経験者が全国から集まる南関東大学リーグ一部に小泉が野球推薦で入ったことを

知り、密かに応援していた。

吉田はあらためて小泉光星について調べた。図書館で地元紙のデータベースを見て、小さな記事を発見。両親の名前から、田代の息子ではないかとピンと来た。

「高校通算三九号。また三と九ですね。サンキューという両親への感謝を表しているような、不完全なものを象徴しているような……あ、不完全っていうのは息子さんが大学を辞めたとか、そういう意味ではないです。なんとなくそういうのを考えちゃう癖があって」

あの夜〝遺書〟のような電話を受けた吉田は、田代の指導が自殺の原因となる「パワハラ」だと訴えるような野暮なことはしなかった。芸事の世界特有の徒弟制度の中で起きた悲劇だと受け止めた。

勘の鋭い彼女も、田代のことを一切疑わなかった。それだけ所属タレントである根尾の言葉を信じていたのだ。

記事のコピーに目を落とす光星に、田代が語りかけた。

「本当に後悔してるわ。あいつが河原で四つん這いになってワンワンって犬の真似をしたとき、一瞬お前の姿を想像しちゃったんだよな。あいつは泥酔して意識もほとんどない中で『諦めない』ってはっきり言ってた。なんだこいつって思った。本当、タイムトラベラー遼に頼んで、あのときの俺を止めてほしいよ」田代は肩を落とした。

「俺も遼に依頼して、あのとき自分が大学で野球を辞めないようにしてほしいかな。いま考えれば、誰かに相談しても良かったし、辞めるほどのことでもなかったような……本当は俺、野球から逃げてたんだよ」光星は声を詰まらせた。

「野球から逃げた？」

「いま思えば、根尾も辞める理由にはなったけど、それよりもバッティングの感覚が崩れたとき、立て直せなかったんだよ。投手を見る目とか、軸足で立つ下半身のバランスとか、バットコントロールって本当に、本当に繊細で、崩れやすかった。一本足打法は神経すり減るくらい大変だった。集中できなくなっただけで調子が悪くなるのも当たり前だよ。それは俺の実力というか、精神的な弱さ。いま思えばさ、その崩れかけた打撃を元に戻すことができなくて辞める理由を探して逃げたんだよ。根尾のせいにしてさ。当時の怒りも嘘ではないけど、時間が経って振り返ると、そう思うようになってきたかな」

「そうだったのか」田代が天井を見つめ「俺が一本足打法を教えたのが、お前を苦しめることにもなっていたんだな。それも本当、悪かったな」

「いや、俺の方こそ、全部あいつのせいにして野球を辞めたって自分に嘘をついて生きてきたのかもしれない」光星はTシャツの袖で涙を拭った。

狭い部屋にタイムトラベラー遼の渋い声が響く。

「過去は変えられない」

「うん。過去は変えられない」光星も涙声で続けた。

「でもな、光星。未来を変えればな、過去を変えることだってできるんだ」田代が力を込めた。

「未来を変えれば過去を変えられる？」

「そうだよ」田代はケータイを取り出して何かを検索し、画面を光星に向け「来年から九州に独立リーグができるだろ？　今度その合同トライアウトがある。なるべく多くの参加者でトライアウトを開いて、レベルの高い選手を集めて盛り上げようとしてんだよ」。ケータイにはトライアウトの要項が表示されていた。参加資格は二七歳以下となっている。

独立リーグはセ・パ一二球団のNPBとは違うが、選手は一〇～四〇万円程度の月収をもらいプレーする「プロ野球」だ。オフにバイトをして生計を立てる選手も少なくない。NPBとは天と地ほどの差がある厳しい環境。関東、北信越、四国などの独立リーグから毎年一〇人以上NPBのドラフト指名選手を輩出している。華やかな「プロ野球」の世界を夢見る選手にラストチャンスを与える受け皿となっている。

来季「九州サンシャインリーグ」が開幕する。各球団三〇人を上限に選手を保有できる。トライアウトは一カ月後に宮崎で実施されることが決まっていた。NPBのドラフト会議は一〇月下旬に終わっており、指名漏れした有力選手は、既に社会人や他地域の独立リーグへ進むことが決まっていた。そのため、所属選手ゼロからのスタートとなる「九州サンシャインリーグ」に入るのは決して狭き門ではない。ブランクがあるとはいえ、客観的に見た光星の実力なら十分に通用すると、田代は確信していた。

「でも俺、いま草野球もやってないよ」光星は田代から受け取ったケータイの画面を熱心に見ながら、無意識に右肘付近の大きな傷跡をさすっていた。

「二五歳だろ？　おまえなら受かるって。ラストチャンスにかけてみろよ。今からNPB目指せよ。未来は変えられるって！」田代の口調が熱を帯びる。「おまえが独立リーグからNPBに入れば、夢が叶う。おまえは『大学までやってダメなら諦める』と決めてたから、あのまま大学を卒業してプロに行けなければ、絶対に諦めてたはずだろ。あのまま大学にいても活躍できなかった。そうだろ？　でもな、中退して、このタイミングで新しく独立リーグができて、選手を大勢集めようとしている。これも運命じゃないか？　ラストチャンスだよ。夢叶えれば、あのとき大学辞めたことを良かったと思えるかもしれない。過去の事実は変えられない。変えられないけどな、過去の意味は変えられる。思い出したくない最悪の過去も、前向きな意味に変えることができるんだよ！」

しばらく光星は目をつぶっていた。もう、夢は諦めたんだ。

そのとき、インターホンが鳴った。

光星は現実に引き戻されるように玄関の方を振り返る。腰を浮かせたところで、田代が彼を制して立ち上がった。

「実は、呼んでるんだよ」

田代がドアを開ける。入ってきたのは根尾だった。

光星が顔を強張らせ、目を見開いた。自然と体が反応し、椅子から立ち上がる。

「おはようございます……」

消え入るような声だった。

「いやいや、立たなくていいから。座ってくれ。久しぶり」

根尾は住み込み生活でだらしなく伸びた坊主頭を短く刈り込んでいた。大学時代から着ている灰色のパーカー。野球部の寮からタイムスリップしてきたような風貌で現れた。

「俺から田代さんにお願いしたんだ。急に来てごめん。会いたくないだろうけどさ……」

「いや、そんなことないですけど……」と光星はゆっくり腰を下ろした。持っている記事のコピーをテーブルに置いた。

根尾は田代を見た。師弟は顔を合わせ、お互いにぎこちなく次の言葉を探していた。

重苦しい沈黙に支配されかけた空間を、根尾が切り裂いた。倒れ込むような勢いで土下座の体勢になり、声を張り上げた。

「すいませんでした！」

根尾の声が虚しく響き、訪れる静寂。

「いや、もういいですから……」と光星が漏らした。

「ごめん！」根尾は顔を上げ、たどたどしく続けた。「田代さんから、全部聞いたよ。俺、取り返しのつかないことをしたし、謝って許されるとも思っていないんだ。あのさ、今更謝ってチャラにしようとか思ってるわけじゃないんだよ」

そう言うとジーンズのポケットに手を突っ込み、皺だらけの封筒を取り出した。田代から受け取った一〇〇万円が入った分厚い封筒だ。

「聞いたんだけどさ、今度トライアウトあるんだよな？　あの、これ使ってくれよ！」

震える両手で封筒を差し出した。

「え!?」と田代が思わず声を上げ、立ち上がった。

光星は父と先輩を交互に見てから、根尾に言った。

「親父に言われたんですか？」

「いや、違う」

「俺は何も聞いてないよ。謝りたいって言われただけだから」

田代は淡々と言い、視線を根尾に落とした。

「田代さん、すいません。これは……僕の個人的なお金なので」根尾は田代から目を逸らさなかった。ずっと目を逸らして生きてきた過去を見つめ「僕が使い道を考えました」

「使い道？」と光星が眉根を寄せた。

「そうなんだよ。この金で許してくれとかそんなこと言うつもりなくて、トライアウトまで一カ月だろ？　仕事休んで全力で練習してほしくてさ。仕事の給料が出ない分の生活費はもちろんだけど、ジムに行ったり球場を借りたりして、本格的に一ヵ月みっちり野球漬けの生活を送って、本番に臨んでくれよ。だから、これ使ってくれ！」

光星は困惑の表情で根尾を見ている。

「田代さん、すいません。勝手なことして。でも、俺は小泉にプロ野球に行ってほしいんです！」

根尾はそう言って封筒を顔の前に置き、土下座で額を擦りつけるように頭を下げた。

光星は静かに腰を上げ、根尾に近づく。その影が根尾の視界に入り、やがて止まった。

光星はゆっくり封筒を拾い上げた。

「先輩、顔を上げてください」

光星の声が降ってきて、根尾は顔を上げた。涙と鼻水が顎を伝っていた。

「もう大丈夫です。あのとき僕、野球から逃げたんですよ。集中できなくなって、結果が出なくなって、焦って……逃げたんですよ。でも、今度は逃げません。ありがとうございます。俺、絶対にプロ野球選手になりますよ」

光星は封筒を握りしめた。

時計の秒針の音だけが聞こえている。

そして、突然、根尾が土下座の向きを変え、田代に向かって頭を下げた。

「田代さん、すいません！」

「え？　どうした？」

田代の低音の声が床を這う。

「やっぱり僕も、夢を諦められません！」根尾は田代の顔を見上げる。「やっぱり、もう一度、一からやり直したいと思います！」

「いやいや、そんなこと俺に謝らなくてもいいだろ。それに俺は……俺はあのとき根尾君のことを川に落としたんだぜ？　そんな人間に頭下げることないよ」

「いいえ！　大学時代に小泉の……小泉と田代さんの夢を奪ったのは僕です！　そんな人間に夢を追いかける権利なんてないのかもしれませんが、すいません！　芸人は続けさせてください！」

田代はため息混じりの笑いをこぼした。嘲笑に感嘆が滲んだ。

光星は黙って父を見ていた。どこかうれしそうな父の顔をずっと見ていたかった。


根尾が出て行った部屋は、再び静寂に包まれた。刻一刻と秒針が時を刻み、「過去」を生み出している。

光星は封筒を大事そうにテーブルの上に置いた。そして右肩を回し、右肩から上腕にかけて隆起する自分の筋肉を左手でさすった。

「親父から教わった一本足打法なら体が覚えている。いまでも趣味でウエートはガンガンやってるから、大学の頃よりパワーはあるよ。一週間死ぬ気で練習すれば、あの頃のバッティングは取り戻せる。『また打とう。球』って回文だしな」

姿見に対峙し、バットを持つ仕草をして、ゆっくりと右足を高く上げ、ピタッと静止。微動だにしない。Tシャツから覗く腕に筋肉が浮き上がる。その姿は彫刻のように美しかった。

「俺、本当に世界のホームラン王になれるかな」

田代は、小泉栄治の声で、小泉光星に言った。

「大丈夫。おまえ天才だから」

再生

川崎の光星の部屋を出た根尾は、その足で新宿歌舞伎町へ向かった。メールで聞いた名前のホストクラブに足を踏み入れると、夜光虫のような光が幾何学模様を形成していた。相手を威嚇するように髪を逆立てたホストたち。着古したパーカーに坊主頭の根尾は、明らかに浮いていた。

騒がしい店内で目を凝らし、白いスーツの金髪男を発見する。根尾はスタッフの制止を振り切り、男のテーブルに向かった。

「おまえ飾ってある写真と全然顔違うじゃねえかよ」と声を掛けた。

「ヒカリ！　何やってんだよ」

野尻は根尾と目が合うと自然に口元を緩めた。女性客をソファに残し、笑顔で根尾に近づいた。

「とりあえず外に出よう」根尾は相方のスーツの袖を引っ張る。「こんなうるさい場所じゃネタ合わせできないからな」と言った声は、店内の騒音でかき消された。

「ちょっと待て！　どうしたんだよ⁉」

野尻は事態を把握できないまま外へ出された。

「もう一回、おまえとコンビ組んでやるよ」

「え？　マジかよ……例の声優の仕事は本当に断ったのかよ」

「断ったよ」

「マジかよ……事務所はオッケーしたのかよ」

「大丈夫だよ、吉田さんは俺の気持ちを分かってくれたよ。本当に凄いマネジャーだと思うよ。あの人に恩返しするためにもな、また一からやって売れるしかねえんだよ」と笑みを浮かべた。

「ヒカリ……」野尻も徐々に相好を崩した。

金髪をなびかせた白いスーツの男が立っている。夜気に晒された野尻の姿はコントの衣装のようで、あらためて見るとひどく間抜けだった。根尾は相方の全身に視線を走らせ、思わず吹き出した。

「おい！　おまえなに笑ってんだよ。俺、ちょっと感動してたんだぞ」

野尻が赤い目をこすった。それを見た根尾が、再び吹き出した。

野尻は二度と店内に戻ることはなかった。そのまま二人は夜の街へ歩きだした。雑居ビルの間に小さな駐車場を見つけた。二人で缶コーヒーを開け、二つ並んだ車止めブロックに同じタイミングで腰掛ける。

　ベタンセス再結成の瞬間だった。

　ジャラジャラと腕時計を外しながら、野尻が喋り出した。

「でもさ、本当にもったいないよなー。あの『タイムトラベラー遼』の声優になれるチャンスだったのにさ。この先もアニメは続くだろうしさ、マジで一億円くらい稼げたんじゃないの？」

「それをさんざん邪魔してきたおまえが言うなよ」

「それは知らなかったからさ。俺だって、そんな話が進んでいることを知ってたら……」

「脅迫なんてしなかった？」

「いや、そういうネタ書いて持っていったのに」

「ネタは書いてくんのかよ！　どっちにしろ邪魔するんじゃねえかよ」

「声優とホストの漫才を書いたのにな」

「おまえと漫才やらねえだろ！　声優になってたら」

　根尾が漏らした笑いは白い息となって漂い、すぐに消えた。

「ネタどうしようかな……」と独り言を呟いた。久々にコンビでステージに立つことができる。もはやネタのことで頭がいっぱいだった。

「また新人オーディションみたいなライブに出るしかないだろ」

根尾はそう言ってスマホを開いた。画面に照らされた顔は、にやけていた。お笑いライブ情報を検索。出演者を募集しているインディーズライブを見つけた。ネタ時間は三分だが、観客がつまらないと思った時点で手を挙げ、一〇人挙がったら強制終了というルール。最後までネタをやりきった芸人の中から観客投票で優勝を決め、優勝すればチケットノルマなしで翌月のライブに出演できる。ただそれだけ……。また勝てば次のライブに出られる。その繰り返し。出口のないトンネルのようなライブだった。

「名前がいいじゃん。『お笑いトライアウト』だって。俺たちもトライアウトからスタートするしかねえな」と根尾は笑った。野尻も釣られて笑った。

雑居ビルの四階。カビ臭い小劇場には数十組の芸人を収容する楽屋はなく、寒風吹きさぶ外階段には衣装に着替える芸人の列ができていた。観客より出演者が多い「お笑いトライアウト」が幕を開けようとしていた。

根尾と野尻も踊り場で震えながら着替えていた。

根尾は階段に腰掛け、紫の唇にリップクリームを塗り、ケータイでスポーツニュースの速報サイトを開いた。「九州サンシャインリーグ合同トライアウト」のページは、更新が滞っていた。

今頃、小泉もトライアウトを受けている。同列で語るのはおこがましいが、日にちが重なる偶然を必然と受け止め、不思議と驚いていない自分がいる。

一本足で構える小泉の姿が頭に浮かんでいた。根尾は信じていた。打席に立つ彼は、どれほど速い球でも難なく弾き返し、どれほど鋭い変化球でも右手一本で鮮やかに拾ってみせる。あいつならできる。

「ヒカリ、ネタ合わせしようぜ」

「おう、やろうか。じゃあ俺のセリフからだな。……動物の言葉が話せたらいいなと思うんだよね。動物と会話したいから。例えば、フラミンゴがいたらさー、両足で立った方が疲れないよって言ってやりたい」

「言われなくても分かってるよ。フラミンゴだってメリットがあるから片足で立ってるんだよ」

「そうかな？　なんかタイミング合わせてるのかもしれないよ」

「一本足のフラミンゴ打法じゃねえんだよ」

「……やっぱりさ、『野球の一本足のフラミンゴ打法じゃねえんだよ』って『野球の』って入れた方がいいんじゃねえかな？」根尾が真剣な表情で提案する。

「なくても分かると思うけどなー」

「俺らは野球やってたから分かるけどさ」

「いやー野球やってなくても分かるだろ、一本足打法は」と野尻は譲らなかった。

「俺がネタつくったんだから、俺のやりたいようにやらせてくれよ」根尾は語気を強める。

「やっぱりボケとツッコミ入れ替えないで、昔みたいに俺がボケでヒカリがツッコミの方がいいんじゃねえかな？」

「だから何回も言ってんだろ？　今までと同じことやっても売れないんだよ。過去の自分を超えるには何かを変えないといけないんだよ」

険悪な空気が漂い始める。いつものことだ。くだらないことで無性に腹が立ち、どちらからともなく言い争いになる。

「フラミンゴのくだりだってさ、俺は、ヒカリがカスタネットを鳴らす動きをしながら踊って『それはフラメンコだろ』っていうのを入れた方がいいと思うけどな」

「入れない方がいいよ、絶対に。ネタ時間三分しかないのに、そんなボケが入ると思うか？」

「じゃあ、フラダンスは？」

「それも入れないよ！　フラミンゴからだいぶ遠くなってるじゃねえか。なんでダンスのボケばっかり思いつくんだよ」

根尾は舌打ちした。「ベタ」と「センス」のせめぎ合いは続いた。

埃っぽい舞台袖に立つと、根尾の鼓動が一気に激しくなった。小さなライブとはいえ、出番が近づくと緊張は増す一方。「落ち着け、落ち着け」と自分に言い聞かせる。久しぶりに両膝が震えている。

野尻は黒い幕の隙間から舞台を覗いていた。暗い舞台袖に照明の光が刺さる。水中から飛び跳ねる魚のように、暗く息苦しい舞台袖からステージへ飛び出したい。水面は目前。もうすぐ光の世界へ飛び出すことができる。やがて、緊張は興奮に変わる。

ガーンという絶望の効果音が鳴り、舞台が突然暗転した。前のコンビのネタが無情にも途中で打ち切られたのだ。

ついに自分たちの出番がきた。二人で勢いよく駆け出し、センターマイクを挟んで立つ。

「はい、どうもー!」

野尻の声が響いた。

二〇人ほどしか座っていない寂しい客席。薄い拍手。緊張がやわらいでいく。さあ、これからだ。根尾が第一声を発しようとした瞬間、異質な物体が目に飛び込んできた。まばらな客席に派手なロリータファッション。後ろの方の席に桜姫が座っている。隣に由梨もいる。由梨が来るのは分かっていたが、桜姫と一緒だとは思わなかった。

ネタが飛んだ!

セリフを完全に忘れ、頭が真っ白になった。冷や汗が背骨を伝う恐怖の感覚。言葉が出ない。脳内のセリフを探す、文字を探す。しかし、残酷なことに一文字も見つからなかった。

口が半開きのまま動かない。首だけを回して野尻の顔を見た。そして、気づいた。野尻もネタを飛ばしている。

木製バットの乾いた打球音が、ししおどしのごとく耳を打った気がした。

視界の端では観客の手が何本か挙がり始めている。無音の宇宙。やっと野尻が言葉を吐き出した。

「こいつは！　あの、こ、こいつは、一億円を多摩川に捨てたんです！」

「は？　おまえ何言ってんだよ……」

根尾の顔が引きつる。客席を見ることができず、相方の顔を見る。両膝が震えだす。

「一億円ですよ！　みなさん！　タイムトラベラーですよ！　こいつは凄い能力を手に入れようとしてたんですよ！　一億円稼ぐのも夢じゃなかったんですよ！　それなのに！」

「おまえも！」根尾も大声を出した。「おまえも！　歌舞伎町でホストやって稼いでたじゃねえかよ！　こんなところで何やってんだよ！」

静まり返った客席から小さな笑い声が漏れた。由梨が笑っている。根尾には分かる。正確には笑いを必死で堪えているが、漏れてしまっているのだ。由梨の声だ。

次の瞬間、おどろおどろしい効果音とともに舞台が暗転した。拍手も聞こえない暗がりで次の芸人の登場曲が鳴り、ベタンセスの二人は袖に押し出された。

ライブ後の客席。桜姫の甲高い声が響いていた。

「二人の出番、あっという間に終わっちゃったねー。でもホストのときよりいい顔してたなー。私、なにげに彼氏のライブを客席で見たの初めてだわ」

「私も」

由梨は満足げに微笑んでから、照れ隠しのように鞄から急いでスマホを取り出した。

「もう終わってる時間かな。トライアウト」

「トライアウト？」と桜姫。

「うん。野球のね」

ページはなかなか開かない。ケータイを見つめる由梨に、桜姫が話し掛ける。

「出待ちしたいけど、彼氏はダメって言ってたんでしょ？」

「うん。根尾君が、絶対に出待ちはしないでって言ってた。恥ずかしいみたい」と画面を見ながら事務的に語り、頬を赤らめた。

「このあと、マネジャーの仕事とか大丈夫なの？」

「うん。今日は休みなんだ。田代さんが今日だけは完全オフにしてくれって言ったの。息子さんの野球を見に行ってるんだ」

「ふーん」

「あ、やっと更新されたー。〝結果速報　一本足打法で特大アーチ！『ダントツ飛んだ』

猛アピールした無名のフラミンゴは羽ばたけるか〟だって」

「フラミンゴ？」桜姫は首をかしげた。

「分かんないけど、フラミンゴって一本足ってことなのかな？　一本足打法なら聞いたことあるな」由梨は一本足打法と光星を結び付けていなかった。「息子さん、うまくいくといいなー」と記事を読み、「え！」と目を輝かせた。

その声に驚いた桜姫は、小劇場の錆びたパイプイスから転げ落ちた。

「小泉光星内野手……大活躍……凄いじゃん！　根尾君知ってるかなー。うん？　ダントツトンダ……？」


吹き抜ける風が一段と寒々しく感じられる外階段。根尾と野尻は肩を落としていたが、その背中に悲愴感は漂っていなかった。

「フラミンゴかー。ネタが全然出てこなかった。ごめん」根尾は苦笑い。飲み干した水のペットボトルを握りつぶした。

「俺もネタ飛んじゃったよ。久しぶりにビビったな。今夜はヤケ酒でもするか？」

「いや、俺、酒やめたんだよ」

「マジで⁉」

「そんなことよりさ、おまえさ、桜姫が来るなら言えよ。あんな変な格好のアイドルが座ってたら、びっくりするだろ。それでネタが飛んだんだからな」と呆れ顔。そして、心の中で由梨に対しても「桜姫と一緒に来るなら言ってくれよ」と嘆いた。

「あ、そう言えば来るって言ってたわ。ごめん、ごめん。おまえ、ネタ中に桜姫いるの気づいたの？　俺、気づかなかったよ。本当に来てたんだな」

「なんで気づかないんだよ、ガラガラの劇場でひとりだけ目立ってたじゃねえかよ」

「なんか派手な服を着ている人は見えたけど、顔までは見えなかったから」

「それが桜姫に決まってんだろ。こんな劇場で姫みたいな服着たやつが座ってたら、それは桜姫だよ。顔を見るまでもないじゃねえかよ」

「あーそうか」

二人は顔を見合わせ、笑った。

「こんなことやってて、俺たち大丈夫かな？」

根尾は何気なく野尻に聞いてみた。

「大丈夫。おまえ天才だから」

野尻は言った。

「え？　おまえも『タイムトラベラー遼』のセリフ覚えてるの？」

「え？　『タイムトラベラー遼』がどうかしたの？」

「偶然かよ、すげえな。反射的に『巨匠が初めて描いた人』よりって言いそうになったわ」

「それ何？」

「いや、何でもない」

根尾はケータイに目を落とし、またトライアウト情報を開いた。くるっと回る更新の矢印に触れると目新しいページが現れたので、思わず「お！」と頬を緩めた。表示された見出しの文字が目に入る前に相方の声が耳に入り、記事を読めないまま現実世界に引き戻された。

「マジで俺たち、大丈夫だよな？」

今度は野尻が根尾に対し、あのフレーズを振っている。無意識にネタ振りになっている。遼のあのセリフを、言わせようとしている。

「大丈夫」根尾は笑った。おまえ天才だから、とは言わなかった。「やりたいことやってれば、どうなったって人生楽しいから」

それは誰にも似ていない声だった。

本作品は『太宰治賞２０２０』（二〇二〇年六月二五日刊行）に「あの声で言って」として収録された作品を大幅に改稿し、改題したものです。

渡辺剛太（わたなべ・ごうた）
一九八〇年東京生まれ。横浜国立大学卒業。元お笑いコンビ「レム色」（二〇〇三〜〇八年活動）。回文ネタでM-1グランプリ準決勝まで進んだことも。コンビでの著書に『マサカサ文全部サカサマ？』『お買い得のクドい顔』がある。元スポーツ新聞記者。

え、この声《こえ》　え？この声《こえ》　え、この声《こえ》

二〇二一年五月二六日　初版第一刷発行

著者　渡辺剛太
発行者　喜入冬子
発行所　株式会社筑摩書房
〒一一一-八七五五　東京都台東区蔵前二-五-三
電話番号〇三-五六八七-二六〇一（代表）
印刷・製本　中央精版印刷株式会社

ISBN978-4-480-80504-1 C0093